KB134517

金文卿 隨想錄

눈떠라 눈

청담서원

– 책머리에

'아내가 날 보채면 나는 青山 그는 쑤꾹새…'
젊은 시절 白水 정완영 선생의 名篇絶句들을 접하며 詩文 창작에 잠시 뜻을 두었다. 철학과 儒學, 불교학 쪽으로도 한 때 관심을 가졌으나 이후 샛길로 빠져 별 心得을 얻진 못했다.

나이 60, 初老의 길목에서 지난 세월을 굽어보면 이미 세상 공부에 대한 열정도 삶에 대한 욕구도 거지반 식어버린 탓일까, 그저 모든 것이 시들하고 아득하고 덧없게만 느껴진다. 인생 별것 아니라는 이치를 깨닫는 데 꼬박 60년이 걸린 셈이다.

내 이제 凋落의 시기, 이런 蕪雜한 서책을 펴내는 所以 역시 세상에 무엇을 남기려거나 드러내려는 속됨에서가 아니다.
단지, 그동안 틈틈이 적어두었던 짧은 글귀들을 한데 모아 객적은 삶의 소회 또는 自省과 自責의 警句로 삼을 요량일 뿐.

2020년 봄 論峴洞 寓居에서 若愚

Contents

箴言篇

어리석게도 남들은 거의 관심과 궁금함을 갖지 않는,
남들은 이미 진즉 다 깨달아 알고 있을지 모를
인간 삶의 근원적 의문들에 대해 꽤 오랜 동안 끙끙거리며 고민해왔다.
인간존재와 삶의 의미는 무엇인지? 왜 사는지? 무엇을 위해 어떻게 살 것인지?
늙음과 병듦, 죽음의 문제에는 어찌 대응할 것인지?
나는 마치 佛前에 엎디어 앎을 갈구하는 수보리처럼 묻고 또 물었다.
그러나 세상은 여전히 묵묵부답, 물음은 속절없고 대답은 궁색하였다.
여기 수록된 짧은 글들 역시 그런 원초적, 불가해적 의문에 대한 어줍잖은
思辨, 오랜 궁리 끝에 억지로 지어낸 자문자답에 다름 아니다.

제1장

인간존재, 삶의 본질에 대한 질문과 대답

왜 사는가? 무엇을 위해 어떻게 살 것인가?

수없이 물었으나 누구도 답하지 못한 큰 질문, 인간 천년의 궁금증! 이 의문에 답을 구하려면 무엇보다 우주창생의 연원과 인간존재에 대한 정체성 규명이 우선이고 필연이다. 즉, 인간존재가 우주만물과 더불어 神의 뜻에 의해 창조된 피조물이냐? 자연발생적으로 진화한 단순 생명체냐? 이것부터 정의해야 존재와 삶의 의의, 각자의 인생관, 가치관을 혼란없이 정립할 수 있다.
너무 쉽고 단순한 접근방식 같지만 이것이 곧 인간존재, 삶의 근원적 문제를 풀어가는 시발점이다.

모든 이론은 전제와 순서가 맞지 않으면 그 이치 또한 어긋나기 마련. 결국 창조론과 진화론 중 어느 쪽을 믿느냐에 따라 인간 삶의 자세와 방법은 근본적으로 달라지게 된다.
전자의 경우 이른바 '모든 것은 신의 뜻'이라 여기고 신의 의지와 가르침에 따라 살아가면 될 것이고, 후자인 경우 존재의 의미와 가치를 스스로 규명, 정립하며 살아야 한다. 따라서 신을 믿느냐? 안 믿느냐?의 선택과 결정이 곧 왜 사는가? 무엇을 위해 어떻게 살 것인가?에 대한 의문을 풀어나가는 출발점이자 분기점이다.
그러나 창조론도 진화론도 불교의 無始無終 논리도 결국 확인 불가한 가설일 뿐, 어느 쪽을 믿어야할지 정답은 없고 선택은 자유다. 세상엔 원래 일도양단식의 명확한 답이 없는 문제들도 많다.
이 문제 역 시 그 중 하나. 어느 쪽도 믿기 어려울 땐 그저 긴가민가, 오락가락하며 살아도 과히 허물없을 것이다.

인간을 '靈的 차원의 특별한 의미를 지닌 존재'

라고 인식할 경우 현실적, 논리적으로 온갖 괴리와 모순에 직면할 수밖에 없다. 그러한 주장과 현상을 객관적으로 판단, 확인할 근거가 없기 때문이다. 반면 단순 자연발생적 생명체로 규정하는 것 역시 삶의 허망함, 諸行의 덧없음, 존재의 하찮음과 고독감을 절감해야 한다.

여기에서 모든 혼란이 비롯된다. 理性을 지닌 존재의 내면으로부터 끊임없이 제기되는 자기 정체성에 관한 질문, 진리에 대한 탐구욕, 그에 못 미치는 정신능력의 한계, 나약한 인간의지 등으로 인해 결국 우왕좌왕의 삶을 살 수밖에 없다.

▌인간은 원래 이런저런 생각과 의심이 많은 동물. 어차피 神이 있다 해도 안 믿을 것이고 없다 해도 안 믿을 것. 또는 신이 있는 것처럼 느껴질 때도 있고 없는 것처럼 느껴질 때도 있을 것이다. 유신론자들 사이에서도 초월적 신관과 내재적 신관 등으로 주장이 엇갈리고 있으며, 세상엔 신의 종류 또한 수없이 많다. 어지럽다.

그러나 한편으로 생각해보면 신을 안 믿는다 하여 못살 것도 없지만, 신을 믿는다 하여 손해될 일도 없다. 예컨대 부처님, 예수님을 믿고 그 가르침에 따라 성실하고 선량하게 살아간다한들 인생이 더 불행해질 일은 전혀 없다는 뜻이다. 또한 신이 實在하든 아니하든 인생의 허망감과 괴로움에 못 견딜 때 어디든 믿고 기도라도 할 곳이 있어야 그나마 삶의 위안과 희망을 얻을 수 있다. 그런 차원에서 신의 존재 가능성을 열어두고 신을 믿고 의지하며 사는 것도 필요한 일.

너무 쉽고 평범한 얘기인가? 원래 세상 모든 진리란 쉽고 평범한 말 속에 들어 있는 법! 어떤 말이든 어렵고 복잡하면 다 엉터리다.

인간존재와 삶의 의미를 논함에 있어

가장 대답이 궁한 문제는 세상 누구도 피해갈 수 없고 그 어떤 방법으로도 극복할 수 없는 생명의 유한성 즉, 늙음과 병듦과 죽음에 대한 문제다.

인간은 누구나 늙으면 죽고, 죽으면 모든 것이 끝난다. 현재 살아 눈뜨고 있는 육신과 정신 또한 죽고 나면 이내 썩어 한 줌 흙이 되고 먼지로 흩어지고 만다. 그야말로 나이 들어 늙고 꼬부라지고 병들어 죽는 데는 속수무책.

먹고 사는 생활의 문제야 각자의 노력으로 해결하면 되겠지만 늙음과 병듦과 죽음의 문제만큼 인간의지와 능력으로는 도저히 대응 방도가 없다.

▌길어야 고작 칠팝십년 밖에 살지 못하는 찰나의 목숨, 그마저 오륙십 넘으면 하루하루 늙고 병들어 죽음으로 다가갈 수밖에 없는 참담한 삶의 실상. 이 한계적 현실 앞에서 생전에 무슨 성취와 업적을 이룬들, 사후에 어떤 평가를 받은들 다 하루살이들의 일일 뿐이다. 이는 허무주의적 사념이 아니라 지극히 현실주의적 관점에서 바라본 인간 삶의 명명백백한 실상이고 전말이다. 죽은 뒤 來世에 관한 문제, 가족과 후손들이 잘살고 못사는 문제 등은 자기 삶의 현실이나 생사의 본질과 직접 관련 없는 또 다른 차원의 문제.

인간이 늙거나 병들지 아니한 상태로 한 5백년쯤이라도 산다면 모를까, 기껏해야 100년 이내의 짧은 수명이라면 어떤 명분으로든 존재의 허망감을 극복할 길 없다. 이 또한 답이 없는 문제.

삶에 무언가 대단하고 특별한 의미와 가치를

지닌 것이 있다고 확신할 때 인간은 비로소 전력을 다해 살아갈 의지와 동력을 얻게 된다. 하지만 아무리 살피고 둘러봐도 현실에서 그런 것을 찾기란 어렵다. 굳이 찾는다면 늙은 부모, 貧妻나 病妻, 어린 자식에 대한 인간적 도리와 책임감 정도. 그 외에는 어떤 것도 의식이 깨어있는 사람에게 적극적, 지속적 삶의 의지와 행동동기를 유발시키지 못한다.

"그래도 단 한번 뿐인 소중한 삶, 일상의 소소한 일에도 즐거움을 느끼며 희망과 용기와 긍정적 사고를 가지고 최선의 노력을 다해 살아야 한다."
삶의 본질에 대한 큰 질문에 아무 개념 없이 던지는 이런 유치하고 흔한 답변이야말로 최악이다. 그런 거 몰라서 우주고, 생사고를 겪는 사람 누가 있겠는가.
문제는 삶에 대한 열정을, 행동동기를 극대화시킬 수 있는 근본 의미와 가치를 찾아내는 일, 그것이 관건이다.

죽음이라는 절대 명제를 젖혀두고 삶에 관해 논하는 것은 넌센스다. 어떻게 살 것인가?의 문제는 결국 어떻게 죽을 것인가? 의 역설적 물음과 직결된다.

인간이 온전한 육신과 정신으로 정상적 삶을 살 수 있는 기간이란 길어야 70년 정도. 개인차가 있어본들 불과 5년, 10년이다. 그 70년에서 현재 자신의 나이를 뺀 숫자가 남은 수명 연한이다.

이후에는 어느 누구랄 것 없이 모두 늙고 병들어 죽는다. 죽음이란 세상 모든 것들과의 영원한 결별을 의미한다. 본인으로서는 지구의 멸망, 우주의 종말을 맞는 것과 같다. 죽은 후 천국이 있고 영생을 누릴 수 있다는 말 따위 별 희망과 위안이 되지 못한다.

따라서 사람은 자기 죽음의 시기만 절실히 인식할 수 있어도 삶의 자세와 방식이 크게 바뀌게 된다. 자신이 3년 후, 5년 후 또는 10년 후 죽는다는 사실만 확실히 인식한다면 누구든 현재처럼 살지 않을 것이다. 지나친 욕심도 부리지 않을 것이고 남들과 악쓰며 다투지도 않을 것이다. 죽기 전 자신을 성찰하고 좋은 일, 의미있는 일을 찾으려 노력할 것이다.

하지만 대다수 인간들은 자신이 곧 죽는다는 사실조차 모르고 있다. 죽음을 남의 일로만 여길 뿐 절실히 자각하지 못한다. 숨 넘어가는 순간에야 비로소 '아, 이제 가는구나!', 그땐 이미 늦었다.

삶에 대해 회의를 느끼는 사람은

단지, 허무주의자여서가 아니다. 삶의 본질, 그 덧없는 시작과 끝을 이미 훤히 알고 있는 사람이다.

■ 정신이 깨어있는 사람이라면 삶의 비관론자가 될 수밖에 없다. 무상한 인생 행로, 그 덧없는 시작과 끝이 뻔히 보이기 때문. 이는 자신이 처한 현실상황과도 무관하다. 왕자 출신 석가모니 역시 그것을 깨달았기에 세속의 모든 것을 버리고 평생 유리걸식하며 고행길을 걸었다.

인간이 궁극적으로 찾고자하는 삶의 의미란 무엇인가?

세속의 쾌락, 부귀영화, 확인 불가한 종교의 논리, 해답 없는 철학적 관념 같은 것 외에 보다 完全하고 至高하며 永遠한 것, 그래서 만인이 공감하고 인정하고 추구할만한 유무형의 최상 가치, 바로 그것이다. 하지만 그런 것은 세상 어디에도 없다. 존재하지 않는 것을 찾으려 애쓰는 인간의 고뇌와 노력 또한 어리석고 헛된 것일 뿐.

삶의 의미 같은 것 찾지 마라. 삶이란 애당초 아무 의미 없는 것이다. 태어났으니 그냥 사는 것일 뿐, 인류역사가 시작된 이래 현재까지 단 한사람도 그것을 찾지 못했다. 그런 거 있지도 않고, 설령 찾는다 한들 아무 소용 없다. 파고 또 파고들어도 그 끝에는 결국 허무뿐.

존재의 가치에 대해, 삶의 의미에 대해

너무 깊이 고민하지 마라. 가사 무엇을 알고 깨우친다한들 삶의 허망한 본질은 변하지 않으며, 한발 한발 코앞으로 다가오는 늙음과 병듦과 죽음 또한 피할 길 없다.
60년 세월을 살면서 인간존재, 그 생사역정의 근원과 실상, 전말에 대해 부단히 생각해본즉, 인간 삶 역시 자연생태의 한 현상일 뿐 여타 동식물들 생성소멸과정과 다를 것 없다.
태어나서 살다가 늙고 병들어 죽고 나면 그 뿐, 그 이상도 이하도 아니다. 다만, 사는 날까지 힘들게 살기보다는 즐겁고 편안하게, 불행하게 살기보다는 행복하게 살고자 열심히 노력하는 것이 그나마 최고 삶의 방식과 자세이다.

존재의 하찮음, 삶의 덧없음에 대한 실상을 있는 그대로 솔직히 인정하고 수용할 때 인간은 비로소 오랜 우주고, 생사고, 인생고에서 벗어날 수 있다.
존재의 가치가 하찮으면 하찮은 대로, 삶의 의미가 덧없으면 덧없는 대로 이를 과장하지 말고 솔직하게 인식, 인정하자는 것. 그 토대위에서 소박하게나마 각자 자기 삶의 의미와 가치를 새롭게 찾고 심고 가꾸어나가자는 것.
영적 세계관을 지닌 일부 종교의 신념논리와 배치되는 주장일 수 있으나 무신론적 입장에서는 이것이 가장 현실적이고 합리적인 인생관일 수 있다.
신의 존재, 영적 세계 운운하며 온갖 가설과 주장을 내세워본들 결국 관념의 혼란만 초래할 뿐.
오랜 생각 끝에 내린 결론이자 해답이다.

삶이란 무엇인가? 나는 누구인가?

하는 등의 질문처럼 어리석은 질문은 없다. 이는 마치 하늘이란 무엇인가? 땅이란 무엇인가? 바람과 나무와 물과 흙과 돌이란 무엇인가? 따위의 물음과 크게 다를 바 없기 때문이다.

세상엔 애당초 질문이 성립되지 않는 물음도 있고, 원래 답이 없는 문제도 있다.

해답이 없는 문제, 해답이 필요치 않는 문제로 고민하는 것 역시 쓸데없는 번뇌이고 망상일 뿐.

흔히 宇宙苦라 일컫는 번뇌와 망상에 사로잡혀 한 시절을 헛되이 보냈다. 그 지겨운 話頭에서 간신히 놓여난 것이 마흔 살 무렵.

이른바 헛소리 전문가들이라할 수 있는 고금동서 수많은 사상가, 종교인, 철학자들에게 속아 무려 40년을 헤맨 것이다. 그리고 이렇게나마 내 존재와 삶의 의미를 스스로 정립한 뒤에야 비로소 부질없는 번뇌와 망상에서 벗어날 수 있었던 것.

왜 사느냐? 묻지 마라.

자꾸 물으면 결국 죽는 수밖에 없다. 인간 삶의 필연적 이유, 절대적 당위성이란 세상 누구도 명확히 설명할 수 없기 때문이다. '행복하기 위해 산다'는 대답 따윈 질문의 본질을 이해 못한 어린애들 답변이다.
이 물음에 가장 정확하고 적절한 답이라면 인간은 태어났으니 그냥 사는 것 또는 죽지 못하니 어쩔 수 없이 사는 것, 오직 그뿐이다. 한 마디 덧붙인다면 기왕 살 바엔 행복하게 살기 위해 노력해야 한다는 조언정도다.

■ 사는 일이 정녕 의미없고 고역스럽게 느껴질 땐 죽는 것도 한 방법일 수 있다. 그러나 스스로 죽음을 결행하기란 힘들게 사는 일보다 몇 배 더 어렵다. 또한 어차피 머잖아 곧 늙어 죽을 텐데 굳이 몇 해 앞당겨 미리 죽고자 애쓸 필요도 없다. 삶이 허망하고 고통스럽더라도 가능한 사는 날까지 열심히 살아볼 일이다. 죽음은 이후 언제라도 결행할 수 있으므로.

살기 싫으면 죽으라. 죽기 싫으면 살아라.
기왕 살 바에는 행복하게 살기 위해 노력하라.

▌세상 모든 철학서를 읽고 났을 때 예외 없이 제기되는 의문은 '그래서? 결론이 뭐냐? 현실적 대안이 뭐냐?'는 물음이다. 대저 철학자들 말이란 현실과 괴리된 空疏한 思辨에 불과할 뿐 삶의 근원적 고민을 해결하는 데 별 도움 안 된다.

희망이 아닌 절망, 즐거움이 아닌 괴로움, 삶이 아닌 죽음의 문제를 주로 언급한 이 책 내용 역시 크게 다를 바 없을 것이다.

그래서 어쩌란 말이냐? 인간존재와 삶의 본질이 그렇듯 무의미, 무가치한 것이므로 대체 살라는 것이냐? 죽으라는 것이냐? 살면 어떻게 살라는 것이냐? 결론과 해답이 뭐냐?

이 같은 질문에 솔직히 답을 하자면 인간은 하루빨리 죽는 것이 최선이라는 것, 죽음은 곧 해탈이고 열반이라는 것, 죽음만이 인간을 일체의 우주고, 생사고에서 해방시켜줄 길이라는 것.

이는 단순한 염세관이 아니다. 실제 동서양의 많은 철학자들이 그리 말했다. 하지만 억지로 죽는 일 또한 쉽지 않다. 죽음이 두렵기도 하고 결행할 용기도 나지 않는다. 그렇다면 자연사할 때까지 그냥 사는 방법 외엔 길이 없다. 삶에 무슨 대단한 의미와 가치가 있어서 계속 사는 것이 아니라 죽을 수 없으니, 사는 길 외에 다른 방법이 없으니 어쩔 수 없이 그냥 사는 것이다.

살되, 죽는 날까지 현재보다 조금이라도 더 행복하게 살기 위해 열심히 노력하는 것이다. 이것이 유일한 대안이고 해답이고 결론이고 진리다.

그렇다면 삶의 행복은 어떻게 이룰 것인가?

이는 저마다 타고난 환경과 능력에 관한 영역이고, 그 방법 또한 백만스물두가지가 넘는 바, 각자 자신에게 맞는 길을 스스로 찾고 노력함으로써 해결할 문제다.

제2장

靈的 세계와 앎에 대한 사유

인간존재와 삶의 화두를 놓고 고민하다보면

필연적으로 부딪히는 문제가 종교적 논리 즉, 靈的 세계에 관한 문제다. 흔히 인간철학에 무슨 관념주의, 실존주의, 경험주의, 합리주의 등등 온갖 복잡한 이론을 갖다 붙여 어렵게 말하지만 핵심은 신비주의, 자연주의 두 가지로 구분, 제반 이치를 논하는 것이 맞다. 서두에서 언급했듯 인간을 신의 창조물로 보느냐, 자연발생적 생명체로 보느냐에 따라 인간의 존재의의는 물론 삶의 목적, 방식, 궁극의 지향가치 등이 크게 달라지기 때문이다. 따라서 이 순서, 이 논리에 근거하지 않고는 세상 모든 철학은 한걸음도 앞으로 나아갈 수 없고, 인간존재와 삶의 문제 또한 만인이 공감할 해답을 구할 길 없다.

▌창조론과 진화론은 상반되는 주장으로 수천 년 논쟁을 이어왔지만 여전히 원점이다. 이는 '맞고 틀리고의 문제'가 아니라 '믿고 안 믿고의 문제'이기에 앞으로 수천 년 동안 역시 마찬가지일 것이다.

어차피 신의 존재란 있는 것도 증명 안 되었고 없는 것도 증명 안 된 문제. 신을 믿는 것이 도움 된다 싶으면 믿으며 살면 되고, 그렇지 않으면 믿지 않고 살아도 무방할 것이다. 일면 무책임한 말로 들릴 수 있으나 이는 세상 그 누구도 규명하지 못하고 결론 짓지 못한 불가해의 문제다. 인간의 지적 능력으로 판단할 수 없는 문제를 어느 쪽이 옳다 그르다 단정하려 들면 괜한 시비만 따를 뿐.

단지, 나의 경우 하나님 말씀도, 부처님 말씀도 그 내용에 따라 믿는 것은 믿고 안 믿어지는 것은 안 믿는다.

세계 3대 聖人으로 불리는 부처, 예수, 공자의

가르침 요지란 결국 지나친 욕심 부리지 말고 남들에게 피해주지 말며 성실하고 착하게 살라는 것!

이 간단하고 쉬운 이치를 인류는 2천년 넘게 반복학습해오고 있다. 인간 세상의 중요한 진리이기도 하지만, 인간 앎의 한계이기도 하다.

▮ 부처를, 예수를, 공자를 넘어설만한 새로운 삶의 진리, 지혜, 지식이란 정녕 없는 것인가? 왜 아무도 그것을 찾으려 애쓰지 않는가? 왜 누구도 그것을 넘어서지 못하는가? 생활에 필요한 과학기술이야 그동안 많은 발전을 이루었지만 인류의 철학적 지식, 지혜만큼 아직도 수천 년 전 수준에 머물러있다.

사후 세계를 논하는 종교의 교리, 靈的 세계

운운하는 방편설 따위에 관심 갖지 마라. 奇蹟, 異蹟, 神靈, 초월적 능력, 그런 거 없다. 수천만 년 인류역사상 단 한 번도 실체가 증명된 바 없다면 결국 없는 것이다. 더러 신기하고 신비롭게 보이는 현상들 역시 모두 자연원리나 과학적 원인을 모르는 무지에서 비롯된 것일 뿐이다. 세상에서 형상 없이 존재, 작용하는 것은 오직 바람과 소리와 냄새뿐이다. 이 또한 기계로 측정하면 다 볼 수 있고 들을 수 있고 느낄 수 있다. 공연히 말쟁이, 글쟁이들의 허황된 요설에 현혹되지 마라. 정신만 산란해질 뿐 인생에 별 도움 안 된다.

▌종교의 방편설이란 무지한 중생들을 효과적으로 선도하기 위한 이른바 사탕발림스토리다. 착한 일을 하면 선물 많이 준다는 산타클로스 이야기나, 선하게 살면 來生에서 복록을 누릴 수 있다는 이야기들이 다 그런 류다. 문제는 일반 중생은 물론 다수의 종교인들조차도 이러한 방편설을 사실인 것으로 믿고, 그것을 종교의 본질인양 착각하고 있다는 점이다. 오늘날 전 세계 종교문화가 기복신앙화 되어버린 주된 이유다.

세상 대부분의 종교집단은 결국 눈에 보이지 않는 허상을 믿고 섬기는 곳. 굳이 어느 쪽이 정통이고 이단인지 서로 다투지 마라. 기독교나 불교나 이슬람교나 또 무슨 종교, 어떤 교파나 본질적으로 눈에 보이지 않는 허상을 믿고 확인 불가한 교리를 따르기는 마찬가지. 이쪽에서 보면 저쪽이 이단일 수 있고 저쪽에서 보면 이쪽이 그러할 수 있다. 정통과 이단의 기준을 누가 어떻게 구분하여 정할 수 있나? 특히 종교마다 또는 교파마다 근본교리는 물론 경전을 이해하는 시각, 주장, 철학이 각기 다르고, 어느 쪽 주장이 맞다 틀리다 객관적, 과학적으로 명확히 판단, 규명해줄 근거나 판정관도 없다. 선교와 포교활동, 예배관행, 종교단체의 운영행태 등도 각양각색. 그렇다고 教勢가 크고 역사가 오래된 교파라 하여 무조건 정통이랄 수도 없다. 결국 이 문제는 예수님, 부처님이 다시 살아 돌아와 명확히 판정을 내려주기 전엔 답이 없다. 인간들끼리 어느 쪽이 옳다 그르다 백날 우겨본들 천박한 싸움질에 다름 아니다. 중동지역 시아파와 수니파의 천년 종교전쟁이 이를 증명한다.

▮ 그나마 이 문제를 현실에서 합리적으로 판단할 기준이란 오직 국가사회와 신도들에게 폐해를 안 끼치면 정통, 이런저런 폐해를 야기하면 이단, 사이비라 규정할 수 있다.
각 종교, 교파들의 주장이란 대저 허무맹랑하여 사실관계나 이치적으로는 확인, 판단할 방법이 없으니 세속의 법과 상식으로라도 그 기준을 정할밖에.

종교란 인간에게 바른 삶의 길을

가르치는 데에 근본 목적이 있는 것.

종교는 字義와 같이 '으뜸된(宗) 가르침(敎)'을 뜻한다. 그러나 불교든 기독교든 현재와 같은 단순 기복신앙의 행태는 마치 칠성신, 서낭신, 조상신 등을 섬기는 미신숭배 관습과 크게 다를 바 없다.

그래도 기왕 복을 기원하려면 성황당 소나무나 산속 바위 아래 물 떠 놓고 절하는 것 보다는 경전이라도 있고, 불상과 십자가라도 놓여 있는 교회당 또는 절집에 가서 기도를 하는 편이 그 모양새나 효과 면에서 좀 더 낫지 않겠는가.

불교학은 종교신학이 아닌 자연과학에 가깝다.

경전의 본질적 내용 또한 일부 방편설을 제외하면 여타 종교의 경전들과 차원이 다르다. 불경은 허황된 神話의 서술이 아닌 우주만물이 생성소멸하는 자연섭리를 체계적으로 설명한 과학이론서라 할 수 있다. 또한 생로병사, 인간행로의 이치를 합리적으로 정리한 인문학서이기도 하다. 이를 자꾸 神學的으로 접근, 해석하고 가르치려는 데에서 여러 가지 오류와 문제가 발생한다.

▮ 10대 후반 감행했던 몇 차례 출가는 번번이 실패로 끝났다. 그 무렵 공부한 법화경, 금강경, 화엄경 같은 경전들은 자연의 섭리, 인간의 도리, 생사의 이치 등을 밝히는 데 큰 도움이 되었다.

산과 흙과 돌멩이뿐인 히말라야 고원지대.

오직 먹고 살기 위해 말 잔등에 소금자루를 싣고 아득한 茶馬古道를 천년 넘게 오르내리는 티벳부족들의 고단한 삶을 보며 神이 존재한다는 말, 神은 공평하다는 말, 다 거짓말임을 느낀다.

진짜 神이 있어 세계 곳곳의 미개국 부족들을 그토록 오랜 세월 참혹한 삶을 살게 했다면 나는 신을 용서치 않을 것이다.

'인생은 고해다'

'산은 산이고 물은 물이다'

누구나 할 수 있는 평범한 말이다.

그러나 똑 같은 말을 해도 옆자리 친구가 말하면 아무 것도 아닌 말로 흘려 듣고, 소위 불가의 고승이란 자들이 말하면 뭔가 심오한 진리를 담고 있는 명언명구로 듣는다. 말하는 사람 지위와 신분에 따라 그 내용과 의미를 달리 평가, 해석하는 것이다. 이는 사람들 마음속에 어리석은 편견과 분별심이 가득 차 있음을 나타내는 증거다.

▌물론 같은 말을 해도 누가 말했느냐에 따라 그 의미와 파급력은 다를 수 있다. 하지만 논리의 타당성을 따지는 말 또는 글에 대해서만큼 오직 그 내용으로 평가함이 마땅하다.

성철 스님이 생전에 말했다.

"중한테 속지 마라!"
내가 지금껏 스님들로부터 들은 말 중 유일하게 공감 가는 말이다.

이 나라에서 소위 고승대덕으로 알려진 수많은 스님들의 설법을 들었다. 그 중 유일하게 기억에 남고 공감 가는 말이 바로 이 한마디.
무지한 중생들은 사실을 말해줘도 오히려 거짓에 더 혹한다. 참과 허상을 분별할만한 지적 능력이 부족하기 때문.

종교란 나약한 의지를 지닌 인간들에게 희망과 위안을 주고 심성을 선하게 교화하는 순기능도 있지만 역기능 또한 적지 않다. 특히 종교인들이 허황된 방편설을 잘못 설파할 경우 우매한 대중은 이로 인해 그릇된 인생관, 가치관을 가지게 되고, 평생 무명 속에서 헤매게 될 수 있다.

▪ 천당과 극락, 영생과 구원, 종말론, 휴거설 등에 관한 이야기에서부터 신통술과 운명술, 도술, 심지어 공중부양, 축지법, 발차기스토리에 이르기까지 온갖 허황된 얘기들을 진짜라고 곧이 듣는 중생들이 너무 많다. 종교인들의 설교, 설법에 이런 내용이 주를 이룰 경우 결국 종교단체는 본래 취지와 역할에서 벗어나 일개 무속집단으로 전락하게 될 수밖에 없다.

마음바탕이 선하지 않은 사람은

세상 이치를 바르게 깨우칠 수 없다.

▌마음속에 온갖 삿된 생각이 가득한데 어찌 세상이 바르게 보이고 인간의 도리를 제대로 깨우칠 수 있겠는가.

나란 존재는 무엇인가?

나는 어디에서 왔다가 어디로 가는 것인가?
이 기초적이고 간단한 물음에조차 명확히 대답 못하는 것이 인간 앎의 한계다.

■ 사람이 세상에 태어나서 자신의 고향이나 자신을 낳아준 부모조차 모르고 살다 죽는다면 얼마나 안타까운 일인가.
인간존재의 근원과 본향, 자신의 정체성을 찾고자 애쓰는 마음 또한 이와 같은 발원에서 비롯되는 것.

인간의 상상력이란 무한할 것 같지만
실은 지극히 한정적이다.
고작 하늘 위 구름 너머, 지평선과 수평선 너머, 해와 달과 별의 언저리쯤이 그 한계다.

각자 실험해보면 안다. 과연 자기 상상력이 어느 시공의 경계까지 다다를 수 있는지.

가만히 앉아서도 육신이 아닌 정신의 존재감을

스스로 느낄 수 있는 자만이 진정 영혼을 지닌 사람이라 할 수 있다.

■ 이런 감정을 확연히 느끼려면 내공이 최소 일갑자에는 이르러야 할 것.

우주만물의 이치에 대해 사유하는

인간의 마음이란 대체 어디에서 비롯되는 것인가? 인간 마음의 근원지는 어디인가?

▮ 인간의 마음 즉, 사람 생각·정신·의식이란 것이 두뇌기관에서 발현되는 것인지 또는 다른 신체기관이나 본능적 감각에서 비롯되는 것인지, 아니면 어떤 靈的 작용, 자연의 氣 같은 것에 의해 생겨나는 것인지 그 근원지, 발원지에 대해서는 아직 정확히 밝혀진 바 없다.

2라는 숫자는 1더하기 1의 합

이라고만 생각하기 쉽다.
그러나 3빼기 1도 2요, 5빼기 3도 2요, 100빼기 98도 2요, 4나누기 2도 2요, 1곱하기 2도 2다.
단 하나의 숫자에 대한 개념마저도 이처럼 가감승제 산식에 따라 무한대 조합이 가능할진데 세상 무엇을 유일한 진리라 주장할 것인가.

▮ 이런 말은 단지, 그럴듯한 말장난일 뿐 큰 의미는 없다.

'모른다!'는 대답, 가벼이 듣지 마라.

자신이 알지 못함을 확실히 깨달은 자가 아니고선 함부로 할 수 없는 대답이다.

▮ 나는 다른 것은 다 몰라도 나를 포함한 세상 모든 사람들이 인간존재와 삶의 이치에 대해 잘 알지 못한다는 것, 그것만큼 확실히 알고 있다.
무엇을 안다고 하는 자들 말 귀담아 들을 필요 없다. 자신이 모른다는 사실조차 모르고 있는 자들이 대부분이다.

道에 대해, 永生과 來生에 대해,

陰陽五行에 대해, 사주팔자에 대해 또는 무슨 신비한 깨우침 따위에 대해 선문답하는 자들, 다 거짓이고 허당이다.

■ 나 역시 영적체험을 몇 번했다. 부처님, 예수님 다 만났다. 하지만 그걸 누가 믿나? 말해본들 실없는 사람만 될 뿐. 증명할 수 없는 것은 다 허상이고 착각이고 환시, 환청이다.
특히 易學에 대해 무슨 대단한 이치라도 담긴 양 논하는 자들, 100% 바보 아니면 사기꾼들이다. MB 말마따나 '내 해봐서 잘 안다'.
누구든 근거 없는 비과학적 분야에 솔깃해한다는 것은 아직 그 앎의 수준이 지극히 일천하다는 증거.

글이든 말이든 길면 다 잔소리다.

한마디로 설명 못하니 길게 얘기하는 것일 뿐.

부처님이 평생을 고민하여 깨달은 진리의 요결도 결국 '諸行無常 諸法無我'.
문제는 이처럼 짧게 말하면 무지한 중생들이 못 알아 듣는 다는 것.
여기에 덧붙인 註解들 또한 그런 차원에서의 蛇足.

道를 닦는다는 것은 마음을 닦는 일이다.

마음속에 시시때때로 일어나는 온갖 속된 욕망과 유치한 생각과 옳지 못한 사념들을 매일매일 걸레질하듯 깨끗이 닦아내는 것이다.

▮ 만일 이것 외에 다른 도를 닦는 자 있다면 모두 사이비이고 사기꾼이라 단정해도 무방하다.

눈 떠라 눈!

눈 뜨면 광명천지, 눈 감으면 암흑천지!

세상 모든 죄악과 재앙과 불행은 無知로부터 비롯된다. 전쟁, 가난, 질병에서부터 불효, 불충, 사회의 온갖 무도한 사건 사고, 사람들 간 반목과 다툼은 물론 마음의 모든 번뇌까지도 근원을 따져보면 결국 무지의 소산이다.

무지에서 벗어난 인간 지식과 지혜의 최고 단계는 어디인가? 그것은 바로 우주만물, 세상만사에 대한 원리를 깨우쳐 더 이상 궁금할 것이 없는 단계이다. 여기에 도달하는 과정은 문학에서 출발하여 철학, 신학, 자연과학의 순서로 세상의 이치를 점차 깨달아 가는 것이다. 그 외의 공부는 학문이 아니라 단순히 먹고 사는데 필요한 이론이고 기술일 뿐.

따라서 세상의 불행을 줄이기 위해서도 자신의 행복을 이루기 위해서도 오직 각성의 눈을 뜨는 것이 중요하다.

일체유심조란 말은 맞다.

외롭고 그립고 적막하고 허무하고 슬프고 괴롭고 두려운 고통은 모두 자기 마음으로부터 비롯된다. 흔히 불교에서는 그러한 고통에서 벗어나려면 마음을 비우라 얘기한다. 貪瞋癡 삼독에서부터 나라는 생각, 남이라는 생각, 사람이라는 생각, 목숨이라는 생각 다 비워야 행복감을 느낀다고 설한다. 그런데 이런 걸 다 비우면 뭐가 남나? 오욕칠정이란 인간의 선천적 본능, 이런 감정을 다 비울 수도 없는 일이거니와 다 비워버리고 나면 인간은 그야말로 바위나 나무등걸과 다를 바 없어진다. 인간으로서 존재의의도 특성도 가치도 다 사라져버리는 것이다. 뭐가 안 맞는다. 종교의 가르침이란 현실 삶에 실질적으로 소용과 도움이 되어야 한다.

▮ 동네 아주머니들 법당에 앉혀 놓고 이런 식으로 설법해본들 말짱 허당이다. 삶의 행복감이란 마음을 비워서 얻어지는 것이 아니라 마음을 채워서 즉, 본인이 원하는 것을 얻고 이루었을 때 느낄 수 있는 감정이다. 일반 대중의 보편적 정서에 기초하지 않은 행복감은 결국 자기위안의 감정일 뿐 진정한 행복과는 거리가 멀다.

이 나라 종교인들 설교, 설법은

수십년에 걸쳐 거의 다 들었다.
기독교, 불교는 물론 신흥종교, 종파 인사들 강연까지도.
그중 기독교의 경우 장 아무개 목사, 불교는 법 아무개 스님이 제일 났다. 삶의 이치가 무엇인지 아는 이들이다.
특히 종교 경전이란 인생에 접목시켜 활용하고자 만든 것. 경전 따로 인생 따로인 설교, 설법은 아무 소용없다.

흔히 장 아무개 목사 설교에 대해 '깊이가 없고 지나치게 희화적'이라고 비판한다. 그러나 일반 신자들 모아 놓고 어렵고 복잡하고 딱딱한 내용으로 설교하면 다들 잔다. 오죽하면 남들로부터 지루한 얘기 듣는 것을 '설교 듣는다' 하겠나. 유익한 지식만 얻고자한다면 집에서 책 읽으면 된다. 이 분이 설교할 때 웃기는 것은 단지 재미를 위한 방편이며, 남들 웃게 만드는 능력 또한 큰 지혜이고 재주이다. 물론 지나친 오버액션으로 듣는 이들을 민망케하는 경우도 많긴 하지만...
솔직히 기독교 교리나 성경 내용 중 뭐 그리 심오하고 오묘하고 복잡할 것이 있나? 설령 그런 것 있다 해도 다들 목사시험 치를 것도 아닌 데 그저 지루하지 않게, 누구나 알아듣기 쉽게 설교하면 된다. 무엇이든 깊이 들어가 세세히 논하자면 끝이 없는 법. 부분이 아닌 전체 개요와 핵심을, 지엽적인 것이 아닌 본질을 말할 수 있는 능력이 중요하다.
법 아무개 스님 또한 복잡하고 어려운 내용을 현실생활과 연계시켜 쉽고 재미있게 설한다. 이는 인생의 이치를 알지 못하고선 불가능한 일. 예컨대 남편 사업이나 자녀들 취직 잘 되게 해달라고 절집에 찾아온 아주머니, 할머니들 앞에서 아뢰야식이 어떻고 말나식이 어떻고 아뇩다라삼먁삼보리가 어떻고 설법하는 스님들 보면 참 딱하다. 말을 해도 듣는 이들 눈높이에 맞게, 이른바 고객니즈에 맞게 해야 할 것 아닌가.
법화경에 보면 부처님께서도 중생들 누구나 알아듣기 쉽게 설법하라고 이르셨다.

많은 이들이 죽은 뒤 구원을 받고 영생을 누리고 천국이나 극락에서 다시 태어나길 바란다지만 나는 영생도 싫고 천국도 싫고 윤회 같은 것도 싫다. 오히려 내가 가장 두려워하는 것은 죽은 뒤 무엇으로 다시 태어나 새로운 삶을 시작하게 되는 일이다. 내가 진정 바라는 것은 죽고난 후 나의 존재가 우주에서 영원히 소멸하는 것, 단 한 점의 흔적조차 없이 깨끗이 사라지는 것, 바로 그것이다.

한 60년 세상을 살아보니 이젠 모든 것이 시들하고 시시하다. 세속에 몸담은 후 10년쯤은 반짝했고 10년쯤은 다소 힘들었으며 또 한 10년쯤은 무난했다. 겪을 것 다 겪었고 해볼 것 다 해봤다. 욕망과 애착 따위 버린지 오래, 이제 내 관심과 흥미를 끌만한 것은 세상 어디에도 없다. 다만, 주변인들에 대한 연민의 감정에서 벗어나기 힘들 뿐.

인생에 대해 말하려면

설령 그것이 만인이 공감할 진리는 못될지라도 분명한 자기생각을 말해야 한다. 유치해도 좋고 틀린 말이어도 좋다. 예컨대 무엇은 무엇이다, 기다 아니다, 어떻게 해야 한다, 모르면 모르고 알면 안다, 이렇게 딱 부러진 주장을 해야 한다. 그래야 저 사람 생각이 내 생각과 같은지 다른지, 일리가 있는지 없는지 판단이라도 할 수 있다. 하지만 세상 대부분의 철학자, 사상가, 종교인들은 분명한 자기생각을 밝히지 못한다. 그저 남들이 다 하는 일반론 또는 말하는 본인조차도 잘 모르는 난해한 얘기들만 일삼고 있다. 이런 말은 듣는 이들에게 무용할 뿐 아니라 정신의 혼란만 가중시킨다.
인생이란 과학이나 수학문제가 아니다. 대중이 쉽게 알아들을 수 있는 말로 설명 못하면 반드시 설명하는 자가 잘 모르기 때문이다. 특히 동양철학에 비해 사상적 뿌리가 일천한 서양 철학자들의 경우 더욱 그러하다. 니체, 칸트, 홉스, 헤겔, 카뮈, 하이데거, 사르트르, 베르그송, 키르케고르, 보부아르, 몽테뉴, 파스칼 등등에 이르기까지 그들의 말과 글에서 과연 어떤 知的 도움을 받고 무슨 심오한 진리를 깨달았는가? 유치하기 짝이 없다.

이른바 인류의 스승, 선지식으로 알려진 이들의 생각과 논리가 왜 그 정도밖에 안 되는지. 나이 40에 이르러서야 겨우 연유를 알게 되었다. 바로 그 수준이 인류가 지닌 지적능력의 한계라는 것, 나 역시 아무리 많은 공부와 사유를 해도 결국 그 수준에서 크게 벗어나지 못할 것이다.

"神의 존재나 본질이 선험적으로 존재하지 않는다면 인간은 허무와 자유 속에서 본래적 자기를 계속 창조해 갈 수밖에 없음이 실존주의 철학의 기본원리다."

"대의는 아집과 법집을 파하고 상히 공함을 나타내며 대요는 무상으로 종을 삼고 무주로 죄를 삼고 묘행으로 용을 삼으며..."

동서양의 대표적 철학 사조와 경전을 해설한 말이다.

무슨 뜻인가? 읽는 사람도 글 쓴 사람도 아마 잘 모를 것이다. 모두가 모르기에 이런 글과 말이 통하는 것이다. 세상은 요지경이다.

▮ 철학이란 원래 간단하고 쉬운 내용을 가능한 어렵고 복잡하게 논하여 남들이 잘 이해할 수 없도록 해야 함이 기본. 그러나 내 야매로 배운 기술이다 보니 복잡하고 어려운 내용들도 모두 얼렁뚱땅 쉽고 간단히 설하여 미안할 따름이다.

제3장

삶의 방법에 대한 지혜

왜 사는가?의 문제는

삶의 당위론에 관한 화두이고 어떻게 살 것인가?의 문제는 삶의 방법론에 관한 화두다. 앞의 것이 인간 공통의 숙제라면 뒤의 것은 인간 각자의 해결 과제이다.

▌인간존재와 삶의 의미에 관한 근원적 의문을 풀어가는 바른 순서는 첫째, 존재의의와 가치, 연원을 규명, 정립하고 둘째, 왜 사는가에 대한 근본 이유와 당위성을 정리하고 셋째, 어떻게 살 것인지에 대한 방법을 모색하는 것이다. 인간존재의 근원을 알아야 왜 사는지를 알 수 있고, 왜 사는지를 알아야 어떻게 살 것인지에 대한 답을 구할 수 있기 때문이다.
각 주제별 해답과 내용이 어떠하든 문제를 풀어가는 순서만큼은 반드시 위 체계에 따라야 논리적 혼란과 모순을 방지할 수 있다.
이 책 역시 1, 2장에서는 인간존재의 의미, 삶의 당위론에 대한 내용을 규명, 정리하였고, 3장에서는 삶의 방법과 지혜, 지식 등에 관한 단상들을 실었다.
삶의 방법에 관한 문제는 어차피 천차만별적 상황에 따라 각자의 능력과 노력을 토대로 적절히 대응, 해결해야 할 사안이기에 총론이 아닌 각론 차원에서 편편이 다양한 생각들을 담았다.

인생이란

결국 먹고 자고 싸고 일하는 행위의 연속이다.
아침에 일어나 세수하고 밥 먹고 양치질하고 화장실가고 옷 입고 출근하여 일하다가 다시 퇴근 후 밥 먹고 세수하고 양치질하고 잠자고...
이것이 세상 모든 이들의 공통된 하루 일상이고 평생 반복되는 단조로운 삶의 과정이다. 그러나 똑같은 일상을 되풀이하더라도 사람에 따라 한 가지 크게 다른 점이 있다. 그것은 바로 각자가 도모하는 業의 종류와 성격이다. 누가 어디에서 어떤 일을 얼마만큼 열심히 추진하느냐에 따라 그 사람 삶의 질과 의미, 평생 성과는 큰 차이가 날 수 있다.

▮ 사람이라 하여 다 같은 사람이 아니며, 인생이라 하여 다 같은 인생은 아니다. 세상 모든 이들이 하루 24시간이라는 공통된 시간을 사용하지만 그 시간 속에서 본인이 어떤 능력을 지니고 어떤 일에 얼마만큼 지극한 정성과 노력을 기울였느냐에 따라 각자 삶의 의미와 가치, 일생의 성과는 크게 차이 날 수 있다.

먹지 못하는 살구는 개살구,

먹고 사는데 필요치 않는 소리는 개소리!
이는 단지, 웃자고 하는 말이 아니다.
먹고 사는 일이야말로 세상에서 가장 거룩하고 숭고한 일이다. 의식주 문제는 인류 생존의 본질에 관한 문제이고, 삶의 기반을 구축하는 절대적 과제다.
먹고 사는 것을 중히 여기지 않는 글이나 말 또한 대개는 헛소리고 쓸데없는 소리라 보면 맞다.
사회의 법도를 어기지 않는 한 먹고 살기 위해 하는 모든 일은 다 자랑스럽고 고귀하고 존중받아 마땅하다.

철없던 시절, 먹고 사는 일에 시간과 정력을 쏟는 것이 무가치하다 여긴 적 있다. 사람으로 태어나 단지, 의식주 해결을 위해 평생 안간힘을 써야 한다는 것이 의미없고 한심한 일이라 느껴졌다. 최소한 그 보다 더 가치있는 무언가를 추구하며 살아야 한다는 생각을 지녔었다. 물론 지금도 근본 생각에는 변함이 없다. 하지만 인간이 먹고 사는 일 이상의 어떤 가치를 추구, 실현하려면(그 보다 더 높은 가치를 지닌 것이 세상에 과연 얼마나 있을지 의문이긴 하지만)우선 의식주가 해결되지 않고는 불가능하다는 점이다. 철학도 예술도 또 다른 정신가치를 추구하는 일도 먹고 사는 일이 해결 안 되면 지속할 수 없다는 의미다. 이는 가치의 경중에 관한 문제가 아니라 선후 순서에 관한 문제이기도 하다.

물질에 대한 집착과 욕구를

일면 속된 것으로 폄하하는 한국 전래의 정신문화는 크게 잘못되었다.

어느 나라, 어느 사회든 물질적 풍요 없이는 국가발전은 물론 사회의 정신문화 융성도, 개인 행복도 실현할 수 없다.

흔히들 물질만능풍조를 개탄하지만 인간세상 대부분 괴로움은 물질의 빈곤으로부터 비롯된다. 물질적 풍요 속에서 해결되지 않는 문제는 다른 무엇으로도 해결할 수 없고, 물질만능주의로 인한 사회의 일부 폐단 역시 물질 빈곤으로 인해 야기되는 수만 가지 해악에 비하면 별 것 아니다.

따라서 물질이야말로 인간사회에서 지고지순의 가치를 지닌 절대숭배대상이다. 너나없이 물질의 풍요로움을 누리는 세계, 그곳이 곧 천국이고 극락인 바 하나님, 부처님을 섬기듯 물질을 신성시하는 의식을 가져야 한다.

이 나라 백성들이 물질적 가치에 대해 폄하하는 그릇된 정서를 지니게 된 원인은 오직 가난하고 요사한 글쟁이, 말쟁이들의 자기 위안, 자기 기만적 헛소리 때문이다.

이들의 요설에 현혹되면 평생 가난한 삶, 불행한 삶을 살게 된다.

▒ 천국과 지옥이란 내세에 있는 것이 아니라 현세에 존재한다. 쉬운 예로 아프리카 원주민들의 참혹한 삶의 현장을 목도한 이들이라면 물질 빈곤사회야말로 곧 지옥이며, 물질의 풍요를 누리는 곳이 천국임을 금방 느낄 수 있을 것이다. 빈곤으로부터 비롯되는 모든 인류 고통을 해방시켜줄 물질이야말로 신앙적 숭배대상으로 여겨도 과히 부족함이 없다.

삼라만상의 모든 기운과 형태를

끊임없이 작동, 변환시키는 것은 에너지이며, 그 에너지의 원천은 결국 熱이다. 굳이 열역학적 원리를 거론하지 않더라도 熱은 우주 내 존재하는 모든 고체와 액체, 기체를 태우고 데우고 끓게 하여 우주환경을 변화시킨다.

인간 삶을 변화, 발전시키는 에너지 역시 熱이다. 고도의 熱情을 지니고 치열하게 사는 사람만이 자기 운명과 삶을 새로운 형태로 변화, 창조, 발전시킬 수 있다. 이는 과학적 논리를 넘어 실증적 삶의 현상이며 이치이기도 하다.

▮ 나와 연이 깊은 한 지인을 생각하며 쓴 글이다.
사람의 미래를 예측하려면 그가 얼마만큼 뜨거운 熱情을 지닌 사람인지 살펴보면 금방 알 수 있다. 아무리 어렵고 힘든 일일지라도 끊임없이 부딪히고 도전하고 개척하는 열정적 삶의 자세와 노력은 주변 환경을 변화시켜 망외의 성과를 거두게 한다.

'나도 이롭고 남도 이롭게 하는 삶'이

가장 바람직한 삶의 형태다. 대표적 사례로는 모범 기업인의 삶. 결과적으로 본인도 이롭고 직원들도 이롭고 사회도 이롭게 한다.

▮ 불가에서는 自利利他로 쓰지만 위에 말한 뜻을 살리려면 自利他利로 쓰고 읽어도 무방하다.
인간은 자기 자신과 남들에게 이익이 되는 삶을 사는 것이 최선. 그러나 남들에게 폐만 안 끼치며 살아도 차선의 삶은 된다.

지나간 것은 다 꿈이고,

흘러가버린 물이며 바람이다.
왕년의 이야기처럼 쓸데없는 이야기는 없다.
오직 현실과 미래가 화두여야 한다.

▌왕년에 잘 나가지 않았던 사람 없다. 대저 왕년의 스토리란 현재 자기 처지에 대한 불만감, 콤플렉스에서 비롯된 쓸데없는 넋두리일 뿐.
누구든 과거 이야기를 반복하면 이미 늙어서 가망없다는 것이고, 미래 이야기에 열중하면 아직 젊고 희망이 있다는 증거.

"안녕하세요", "감사합니다"

이 두 가지만 잘해도 인생 절반은 성공이다.

요즘 젊은이들은 물론 나이든 사람들까지도 인사예절의 중요성을 절실히 깨닫지 못하거나 바르게 행하지 못하는 이들이 많다.

세상 모든 인간관계는 첫 인사로부터 시작되는 법, 인사조차 제대로 못하는 자들이 어느 곳에서 무슨 일인들 제대로 할 수 있을 것인가.

남녀노소를 불문하고 인사 예절을 갖추지 못한 사람은 인생 필패다.

사소한 것들이야말로 얼마나 중요한가.

세상 대부분의 큰일은 사소한 것들로부터 비롯된다.

사람 감정이란 큰일보다는 오히려 작은 일에 더 민감하게 반응하는 법.
사소한 부분을 세심히 살피지 않으면 큰일을 성사시킬 수 없다.

'소심함'과 '세심함'은 비슷한 말 같지만
정반대의 말이다.
소심함이란 주로 자신의 안위나 이익 등을 철저히 챙기려는 것임에 비해 세심함은 남의 불편과 불이익을 자상히 헤아리고 배려하는 마음씨다.
"小人은 小心하고 君子는 細心하다"는 말 역시 그런 맥락에서 생겨난 것.

실제 소심함과 세심함을 구분하지 못하는 자들이 많다. 세심한 사람에게 소심하다고 말하는 것은 큰 결례다. 이 또한 무지의 소치.

나이 들어 눈이 나빠졌다는 것은

사물을 보는 안목이 그만큼 흐려졌다는 증거다.

▌ 나이 들면 세상의 세세한 부분은 일일이 살피려하지 말고 대충 넘어가라는 자연의 섭리.

사람 나이 60을 넘기면

하루하루 살아가고 있는 것이 아니라 하루하루 늙어가고, 죽어가고 있는 것이다.

▌흔히 하는 말이지만 이를 현실에서 절실히 인식하고 있는 이들은 드물다.
알아본들 뾰족한 대책이 없는 일이긴 하지만. 그래도 모르고 사는 것 보다는 낫다.
홍안 소년시절이 어제와 같은데 어느덧 꼬부랑노인이 되어가는 현실, 참으로 통곡, 통탄할 일이다.

노인들이 잔소리가 많아지는 것은

자신이 했던 말을 자꾸 잊어버리기 때문이다.

▮ 실제 내가 요즘 깜빡깜빡한다. 툭하면 남들을 가르치려 들고, 내가 아는 것이 무조건 옳은 것인 양 우기려 든다. '늙으면 죽어야 한다'는 말은 만고불변의 진리.

나이 들면서 자잘한 깨달음이 늘어가는 것은
내가 현명해서가 아니라, 오히려 그동안 너무도 무지했기 때문이었음을 새삼 깨닫는다.

▌이 쉬운 이치를 나이 60에야 또 깨닫는다.

나이를 먹어가는 것이 점점 두려워지는 것은

앞으로 살날이 얼마 남지 않았다는 것을 본능적으로 느끼기 때문이다.

▌그나마 좀 더 오래 살고 싶으면 노년에는 이런저런 세상 일에 참견하지 말고 죽은 듯 얌전히 지내는 것도 한 방법. 염라대왕이 찾아낼 수 없도록 꼭꼭 숨을 것.

오랜만에 만난 옛 친구의 모습이 알아보기 힘들 정도로 변했다면 그는 이미 옛 친구가 아닌 다른 사람이다.

■ 세월이 흐르면 사람의 육신은 물론 그 정신까지 다 변하기 마련. 어릴 적 모습도 정서도 다 변했는데 무엇으로 옛 친구임을 증명하랴.

사람의 얼굴 모양과 골격의 생김새만 보면

그의 과거, 현재, 미래는 물론 심성과 건강상태, 죽음에 이르는 시기까지 정확히 알 수 있다. 이는 미신도 과학도 아닌 지극히 상식에 속하는 일이다.

▌ 예컨대 나뭇잎의 색과 모양을 보면 떡갈나무 잎인지 단풍나무 잎인지, 어느 시기에 피어나 지금 어느 계절을 맞고 있으며 앞으로 얼마나 더 푸르다 떨어질 잎인지 누구나 쉽게 알 수 있는 것과 같다.

나이 60 넘어 새로운 業을 벌이지 마라.

안 된다. 가능하면 하던 일도 줄이고 현상유지에 최선을 다하라.

자연에 四季가 있듯 사람에게도 나고 자라고 성하고 열매 맺고 잎 지는 시기가 있다. 이미 절기상 겨울인데 싹 트고 꽃피고 열매 맺길 바라면 老欲일 뿐.

세상에서 가장 안쓰러운 것은 사람의 늙은 모습이다.

젊은 시절이 어제 같은데 어느새 나이 들어 머리칼은 빠지고 얼굴은 쭈글쭈글해지고 피부는 시들해지고 허리는 꼬부라지고 걸음은 뒤틀거리고..

문제는 세상 모든 인간은 누구나 늙으면 이리 된다는 것!

▌늙어 시들어가는 자신의 모습을 자연의 이치라 인정하고 순응할 것인가? 나날이 괴로워하며 저항할 것인가?

생로병사, 이 실존의 문제를 해결하지 못하는 한 인생에는 희망도 답도 없다.

늙음과 병듦과 죽음, 이 참혹한 현실을 코앞에 둔 채 단지, 일상의 소소한 즐거움에 취해 본질적 고통을 다 잊고 외면한 채 살아야 하나? 아니면 설령 아무 대책이 없을지라도 그런 현실을 직시하고 절실히 인식하면서 살아야 하나?

취하여 사는 삶은 문득 깨어보면 허망할 것이고, 깨어서 사는 삶은 나날이 고통스러울 수밖에 없다. 이렇게 살아도 문제, 저렇게 살아도 문제, 이 역시 답이 없는 문제.
그러나 이성을 지닌 인간으로서 죽더라도 왜 죽는지, 살더라도 왜 사는지 근본 이유는 안 후 살든 죽든 해야 할 것 아닌가?

인간이 느끼는 모든 두려움은

죽음에 대한 공포로부터 비롯된다. 죽음만 각오한다면 세상에 두려울 것이 없다.

▮ 생즉사 사즉생, 이런 유치한 교훈 따위를 말하고자 함이 아니다.
모든 인간은 어차피 늙으면 죽는 것, 시시한 일 따위로 미리 걱정하거나 두려워하지 말라는 얘기다. 사람 한 번 죽지 두 번 죽는 거 아니다. 극한의 상황이 닥칠 땐 죽는다 생각해버리면 모든 두려움이 사라진다.

정신의 젊고 늙음은 나이와 상관없다.

20대 늙은이도 있고 70대 어린아이도 있다. 도덕경을 지은 중국 老子는 태어날 때부터 늙은이같았다고 한다.
나 또한 20대 써 놓은 글들을 읽어보면 마치 80 노인네 정서다. 지금은 더 늙어 정신의 나이가 한 2천5백살쯤 된 것 같다. 무엇이든 늙은 것은 신선감, 역동감이 떨어진다.

누군가 말했다.
'내가 만약 신이었다면 청춘을 인생의 맨 끝에 두었을 것이다'
그러나 내가 만약 신이었다면 청춘만 남기고 늙음은 아예 없애버렸을 것이다. 인간에게 늙음이란 더 없는 고통이고 비극이고 재앙이다.
세상 모든 이들이여, 부디 늙지 마라!

인간은 심신의 老化로

본능적 생식기능과 사회적 생산능력을 잃는 순간 자기 존재의의를 상실하게 된다.

▌시간 아껴 쓰라. 노년에는 시간이 돈 보다 더 중하다. 나이 50 넘으면 눈 깜짝할 새 5년, 10년. 나 역시 5년 전만 해도 내가 늙는다는 것 상상도 못했다. 아니, 불과 1년 전까지도 몰랐다. 하지만 나이 60 전후에 이르면 어느 순간 갑자기 늙음이 찾아온다. 사람이 늙기 시작하면 모든 건 끝난 것이다.

최소한 나이 마흔에 이르기 전에는

자기 생각이 옳다고 주장하지 마라. 나중에 반드시 후회하게 된다.

▌30대 초반 직장인 의식개혁에 관한 책을 낸 적 있다. 당시 베스트셀러로 상당한 인기를 모았다. 그러나 지금 내용을 살펴보면 절반은 맞고 절반은 틀린 말. 일리는 있되 합리적이지 못했고, 편향된 시각으로 어느 한 면만 살폈다. 30년 후 이 책, 이 글 내용을 내가 다시 읽을 수 있다면 그때는 또 어떤 느낌이 들지 자못 궁금하다.

나이 마흔 넘으면

세상사에 대한 자기생각을 지녀야 한다.
다만, 그것이 일반 대중의 공감을 얻을 수 없는 내용일 경우 이 또한 자기개념이 아닌 자기고집에 불과하다.

▮ 나 역시 마흔에 이르러서야 겨우 나름의 인생관, 가치관을 정립했다. 아무리 공부와 경험을 많이 한 사람일지라도 반드시 일정 기간 이상 삶의 경륜이 쌓여야 비로소 깨닫게 되는 이치가 있다. '40이면 불혹'이란 말이 있듯 남자의 경우 마흔 살 전후가 바로 그 시기.

노년에 튼튼한 심신만 지니고 살아도

최소 몇 억 자산을 지닌 것과 같다.

▌노년에 모아둔 재산이 없으면 건강하기라도 해야 한다. 건강 또한 거저 얻어지는 것이 아니다. 젊은 시절부터 철저히 관리하고 열심히 운동해야 한다. 인생의 철칙이고 진리.

남부럽지 않게 사는 일보다

남부끄럽지 않게 사는 일이 더 중요하다.

▮ 억지로 지어낸 말장난 같긴 허나, 일면 그럴듯한 말!

인간에게 가장 견디기 힘든 고통은 부끄러움이다.

특히 자기 자신에게 부끄럽지 않은 삶을 사는 것이야말로 성공적인 삶이다.

부끄러움이 사라져버린 시대, 스스로 부끄러움을 느낄 수 있다는 것만으로도 높은 도덕의 경지.

내면이 부실한 사람일수록 겉모습이 화려하다.

불량상품의 포장이 요란하듯.

▮ 이건 그냥 한번 해본 소리.

아무리 머리 좋은 사람일지라도

인성이 저급하거나 정신 수양이 밑받침되지 않은 사람은 결국 사기꾼으로 전락하고 만다.

▪ 특히 잔머리 잘 굴리는 자들, 부단히 자기 수양을 하지 않으면 100% 사기꾼 된다. M&A, 주식, 채권, 펀드, 부동산 관련 경제사범들, 다 그런 부류다.

때로는 손해가 되는 줄 알면서도,

소용없는 일인 줄 알면서도 하지 않으면 안 되는 일들이 있다.

인간 도리와 신의에 관한 일들이 대저 그러하다.

헛소리와 거짓말이란

비단 사실과 다른 말만을 뜻하는 것이 아니다. 實과 行이 따르지 않는 말 역시 다 헛소리고 거짓말이다. 누군가를 사랑한다는 말마저도.

▮ 이 글에는 註解가 필요 없다.

살고 있는 집의 평수가 곧 마음의 평수다.

가능하면 넓은 집에 살아라.

■ '恒産이 있어야 恒心이 있다'는 말과 비슷한 맥락. 생활의 여유가 있지 않고서야 어찌 진정한 마음의 여유를 지닐 수 있으랴.

진짜 사랑하는 사람끼리는

사랑한다고 말하지 않는다.
말하지 않아도 이미 서로 다 알고 있기 때문이다.

▌아내를 생각하며 지어내본 좀 멋적고 뜬금없는 소리.
모든 인간관계와 상황에 꼭 맞는 말은 아니지만 대체로 그렇다는 뜻.

학을 학이게 하는 것은

긴 다리, 멋진 날개, 흰 깃털 때문만은 아니다. 학을 학이게 하는 것은 아무 곳에나 함부로 깃들이지 않고, 아무하고나 함부로 무리 짓지 않고, 아무것이나 함부로 먹이 삼지 않는 그 고결한 정신과 자세 때문이다.

사람들 중에도 학의 성정과 모습을 닮은 이들이 더러 있다.

▮ 스스로를 돌아보며 지어내본 말이다.

특히 사람이 노년에 이르면 가능한 새로운 인연은 맺지 말고 불필요한 인연도 정리하여 인간관계로 인한 온갖 번잡함에서 벗어나야 한다. 항상 몸과 마음을 실낱처럼 가벼이 하고 다가올 죽음에 대한 대비, 언제 어디로든 훨훨 떠나갈 마음의 준비를 갖춰야 한다.

글을 쓰는 것, 그림을 그리는 것, 음악을 하는 것,

농사를 짓고 질그릇을 굽고 시장통에서 장사를 하고 또 무엇무엇을 하는 일 등등 어느 것 하나 소중하지 않은 것이 없다. 그러나 또 어느 것 하나 하찮지 않은 것도 없다.

하찮은 것들의 소중함 또는 소중한 것들의 하찮음 같은 것에 대해 잠시 생각하다.

인간의 삶에 있어 단순한 본능적 욕구 외에

보다 적극적이고 지속적인 행동에너지를 제공하는 세 가지 원천이 있다. 그것은 바로 사랑과 분노와 절망이다. 인간은 이 세 가지 감정을 절실히 느꼈을 때 비로소 열정적으로 행동하게 된다.

▮ 특히 막연한 희망보다 극한의 절망적 상황에 이르렀을 때 사람은 더 강한 행동의지를 갖게 되는 경우가 많다.

인간은 평생을 돌아다녀 본들

제 집 문간에서 한 발짝도 못 벗어난다.

흔히 일상에서의 탈출을 꿈꾸지만 아침에 깨어보면 결국 제 집 안방이다. 어느 날 기껏 끙끙거려 떠올린 생각 역시 나중에 보니 '行行本處 至至發處' 화엄경의 한 구절, 결국 부처님 손바닥!

삶의 고행을 겪은 자들이야말로 다 부처다.

▮ 어려운 삶의 과정을 겪은 이들에게는 반드시 그만한 정신의 역량과 경륜, 깨달음이 쌓이기 마련.

인간존재의 연원도 정체도 모르면서

인간이 만물의 영장입네, 또 무슨 특별하고 대단한 존재입네, 인생은 더없이 소중하고 가치있는 것입네, 헛소리 떠들고 다니지 말라. 세상에는 이와 같은 책장수, 약장수들 말로 인해 삶의 행로를 헷갈려하는 사람들 무수히 많다.

인간존재의 의미와 가치를 비하하자는 것 아니다. 다만, 있는 그대로의 본질과 현상을 과장 없이 솔직하게 인정하고 말하자는 것.
설령 인간존재가 하찮은 것이라 할지라도, 아니, 아예 아무것도 아닌 것이라 할지라도, 최소한 그 아무것도 아닌 실체적 진실만큼 똑바로 인식하자는 것이다. 아무것도 아닌 인간존재와 삶의 의미를 그 무슨 대단한 것이라도 되는 양 자꾸 억지명분을 만들어 붙이려들지 말고, 존재가 발 딛고 선 그 허무의 밑바닥에서 비록 작은 삶의 의미와 가치라도 새롭게 심고 가꾸며 인생을 재설계하자는 것이다.
그마저 어렵다면 최소한 자기 자신에게라도 존재의 본질과 실상에 대해 보다 정직하고 분명하게 말해줌으로써 시시때때 삶에 대한 의문과 모순에 휩싸이지 말고 살자는 얘기다.
헛된 희망 속에서 절망하느니 차라리 절망 속에서 소박한 희망이라도 찾아가며 한없이 나약하고 안쓰러운 자기 존재를 스스로 위로하고 이해하고 사랑하며 살자는 것이다.

제4장

세상 이치에 대한 인식

욕심 없이 살고자 하는 마음이야말로

가장 큰 욕심이다. 세상 모든 것을 다 가지는 것보다 세상 모든 것을 다 버리기가 훨씬 힘든 일이다.

▌이 역시 흔히 하는 말이지만 사실이 그러하다.

부모자식 간을 제외하고

주위의 다른 사람들을 철저히 믿는 것만큼 순진하고 바보스런 일이 또 있을까? 하지만 사람에 대한 신뢰는 그것이 결국 완전하고 영원하게 이루어지기 힘든 것이기에 우리는 끊임없이 실망하면서도 단지, 하나의 소망으로써 그러한 믿음을 계속하여 가져보는 것이다.

▮ 사람 함부로 믿지 마라. 믿지 않으면 실망할 일도 배신당할 일도 없다. 사람 마음 변하는 것, 순식간이다. 특히 인간관계란 아주 예민한 것이어서 사소한 일로도 쉽게 사이가 틀어질 수 있다. 불가근 불가원, 누구하고든 그저 필요한 만큼만 적절히 관계를 유지하라. 깊은 정도 나누지 말고 깊은 믿음도 갖지 말고 사람에 대해 그 어떤 기대도 하지마라. 지금 자신과 가장 가까운 사람일수록 후일 가장 무서운 적이 될 가능성이 높다. 굳이 사람을 믿으려면 열 번쯤 속고 배신당해도 좋다고 생각되는 사람만 믿으라.

시간이란 결국 자신이 만들어 내는 것이다.

시간이 부족하다고 늘 말하는 사람들은 대부분 바쁘기 때문이 아니라 게으르기 때문이다.

▌모든 상황에 꼭 맞는 말은 아니지만 대충 그렇다는 뜻.

그것이 설령 자만이든 착각이든

또는 무지의 소치이든 어떠한 경우를 막론하고, 인간 삶을 포함한 우주만물의 이치에 대하여 더 이상 궁금할 것이 없고 더 이상 깨달을 것이 없다고 스스로 확신하는 사람이 있다면 그는 분명 도통한 사람이다.

▮ 모자라는 사람도, 넘치는 사람도 일면 도통의 경지에 이른 사람.

어렵고 힘든 삶의 과정도

세속인의 마음을 가지고 살면 단순한 고생이 되지만, 수행자의 마음을 가지고 살면 귀한 고행의 시간이 된다.

▮ 그냥 해본 소리.

인간 본연의 순수한 감정과 생각을 글로 표현할 때 과연 얼마만큼 유치하지 않게 또는 아름답고 격조 있게 표현해낼 수 있느냐에 따라 그 사람의 지적역량, 정신수준의 높낮이가 드러난다.

■ 연전에 펴낸 拙著 〈잘 쓴 글, 잘못 쓴 글〉에서 인용한 글귀다.
학문적 이론이나 사상, 사실관계 등에 관한 기술이 아닌 순수한 자기감정, 자기생각을 유치하지 않게, 졸렬하지 않게 글로 표현하기란 극히 어렵다. 내면의 지적, 정서적 수준이 일정 경지에 오르지 않고서는 불가능한 일이다.

인류의 지능에는 한계가 있다.

개와 고양이같은 동물들 지능수준이 아무리 높아도 결국 주인 말귀 알아듣고 재롱 피우는 정도가 고작이듯 인간 역시 마찬가지다. 예컨대 우주만물 생성소멸의 이치에 대한 해답을 얻기는 고사하고 겨우 이런저런 의문을 제기하는 정도, 거기까지가 인간 지적능력의 한계다.

▮ 인간의 선천적 두뇌용량이란 한정된 것이어서 이를 업그레이드시키기란 불가능하다. 공부와 사유의 노력만 많이 한다 하여 지적 성장이 계속되는 것 아니다. 뇌 용량이 적은 사람의 경우 너무 많은 것을 머릿속에 입력하면 지식, 지혜가 느는 것이 아니라 오히려 버그가 발생한다. 개나 고양이들에게도 너무 많은 것을 알려주고 시키고 요구하면 헷갈려하듯이.
머리가 나쁘면서 공부만 많이 한 사람들이 주로 고문관이 되는 것도 이런 연유에서다.
인간이 도달할 수 있는 최고의 지능 수준이란 자신의 지적 능력 한계를 스스로 깨닫는 수준, 거기까지다.

어떤 일에도 분노하지 않을 수 있는 정신경지야말로 최상의 경지다. 그러나 반드시 분노해야 할 일에 분노하지 않는 사람은 정의감이 없는 자이다.

■ 한 가지 더 추가한다면 심신이 늙어버린 경우도 분노의 감정이 줄어든다. 화낼 기운이 없기 때문이다. 내가 요즘 그러하다.

세상 모든 이들을 스승이라 생각하고 살면
굳이 따로 공부하러 다닐 필요가 없다.

특히 자신을 미워하거나 싫어하는 사람에게서 가장 많은 것을 배울 수 있다. 자신의 온갖 단점들을 죄다 들춰내 흉보고 욕하고 다니기 때문에 이들 말만 잘 듣고 마음에 새기면 자기 단점을 쉽게 보완할 수 있다.

말이란 잘 하기보다 안 하기가 몇 배 더 어렵다.

꼭 필요한 말은 해야겠지만, 가능한 말은 적게 하는 것이 남들을 위해서나 본인을 위해서나 좋다.

할 말이 없어서 말을 적게 하는 사람은 선천적으로 君子의 기질을 타고난 사람이고, 할 말이 많음에도 참고 적게 하는 사람은 후천적 군자형이다.
말 없는 사람은 어쨌든 다 군자이고 바위이고 부처다.

먹고 사는 일을 누가 쉬운 일이라 했는가?

한 사람이 평생 먹을 음식의 량을 계산해 보면 트럭으로 수백 대 분량이 넘는다

▮ 사람이든 짐승이든 식량조달과 비축이 생존의 제1요건이라는 뜻.

세상 모든 것들을 다 가졌을 때의 뿌듯함보다

세상 모든 것을 다 버렸을 때의 홀가분함이 인간에게 더 큰 만족감과 행복감을 안겨줄 수 있다.

▌스스로 지어낸 허튼소리. 바로 이런 말이 가장 경계해야 할 요설과 궤변이다. 이른바 무소유 정신을 讚하는 말인데, 일면 그럴듯하고 멋있게 들릴 수 있다. 그러나 산중에서 홀로 도 닦는 이들에게나 해당될까, 일반인들에게는 전혀 가당찮은 말이다. 이런 말장난에 현혹되는 순간 인생 망치고 조진다.

똑바로 보라. 하루하루 늙어가는 너의 얼굴을,

병들어 죽어가는 삶의 본질을, 그 허무의 끝을 외면하지 말고 직시하라!

늙는 데는 장사 없다. 늙으면 죽고, 죽으면 끝이다. 더 늙기 전에, 더 늦기 전에 부지런히 일하고 열심히들 살아라.

시간이 없다. 이러고 있을 시간이 없다.

나이 60, 피부는 시들해지고 주름은 늘고 시력은 떨어지고 좀 더 있으면 귀까지 안 들릴 것이다. 끝난 것이다.

▌인생은 60부터라고, 100세시대라고 진짜 믿고 우기는 사람이 있다면 치매다. 60이면 그야말로 딱 죽기 좋은 나이.

기업인들에게 경영철학이 뭐냐? 묻지 마라.

소가 밭을 가는데, 말이 수레를 끄는데 무슨 철학씩이나 필요한가. 그냥 자기 業이니까, 잘 먹고 잘살기 위해 사업을 할 뿐이다.

이는 기업인들 무식하다고 흉보자는 말이 아니다. 기업인은 경영만 잘하고 돈만 잘 벌면 된다는 뜻이다. 기업하는 사람이 특별히 유식할 필요 없다. 경영철학 같은 것, 사회적 기여의식, 공익과 나눔정신 같은 것 안 가져도 된다. 그저 열심히 이익창출하여 고용유지하고 국가 세수증대에 지속적으로 공헌하는 것, 그것으로도 충분하다.

시나 소설 같은 글짓기는

중고등학생시절 끝내야 한다. 어른이 되어서도 그러한 언어유희에서 졸업하지 못하면 철이 없는 것이다.

글 쓰는 일을 지속하려면 인간 생사의 의미를 다루는 철학적 글이나 인류문명을 발전시키는 사회과학, 자연과학 분야의 글을 써야 한다. 아니면 돈이라도 되는 글을 써야 한다. 그 외의 글쓰기는 거의 가치 없는 짓이다.
늘 회의하는 자조적 개탄.

망하지 마라,

설령 망했더라도 주변에 소문내지 마라. 망했다고 소문나는 순간 그 사람에 대한 모든 사회적 신뢰기반이 무너져버린다. 이를 다시 회복하기란 거의 불가능하다.

▌남의 불행은 곧 나의 행복, 배고픈 건 참아도 배 아픈 건 못 참는 '배탈'의 민족. 지금 주변사람들 중에도 당신이 망하길 바라는 사람 적지 않다.

'인간은 왜 사는가?' 물으면 천재이고,

'인간은 왜 사는가? 묻지 않으면 천치이다.

인간이 왜 사는지 알아도 소용없는 일이긴 하지만, 전혀 궁금해 하지 않아도 정상은 아니다.

지식의 업데이트가 아닌

정신의 업그레이드가 필요하다.

현재 정신수준을 한 단계 뛰어넘는 일, 그것이 과제다.

▮ 온갖 정보와 상식이 넘쳐나는 인터넷시대, 이제 단순히 읽고 외는 공부는 의미 없어졌다. 스스로 생각하여 깨치는 공부, 자기만의 창조적 지식이 필요하다. 지식·지혜의 공유자, 전달자가 아닌 지식·지혜의 생산자, 창조자가 되라.

사람은 자기 콘텐츠가 없는 경우

분명한 자기 캐릭터라도 있어야 한다. 반드시 자기만의 무엇인가가 있어야 남다른 삶, 남보다 나은 삶을 살 수 있다.

▌정히 남들에게 내세울 게 없고, 남들과 다를 것이 없다면 주변 사람들에게 인사라도 잘하고 말이라도 친절하게 하라. 그것만으로도 기본적 차별성은 갖춘 것이다.

젊은 시절, 돈이란 필요한 것인 줄로만 알았지 소중한 것인 줄 몰랐다. 많이 벌어본들 많이 써버리면 결국 아니 번 것이나 마찬가지. 어릴 때부터 자녀들에게 합리적 경제개념, 현실적 경제철학을 정립시켜줘야 한다.

▮ 자녀들에게 영어, 수학 열심히 가르치는 것보다 잔돈 몇 푼이라도 소중히 관리하고 가치 있게 사용하는 법을 익히게 하는 것이 훨씬 더 중요하다.

세상 모든 학문의 근본과 핵심은 경제다.

즉, 먹고 사는 분야에 대한 공부다. 경제를 모르는, 경제와 동떨어진 이론과 주장은 다 틀렸거나 거의 쓸모없다고 보면 맞다.

경제란 정치, 사회, 문화, 국제, 심지어 물리, 예체능 분야에 이르기까지 세상 모든 것들과 직결되거나 연동된다. 특히 그 연관성, 밀접성이 증대된 21세기 글로벌시대에는 경제를 모르고서는 어떠한 학문이나 이론, 주장도 합리성, 타당성을 지니기 어렵다. 심지어 소설도 시도 만화도 SNS에 올리는 온갖 신변잡기조차도 경제지식이 밑받침되지 않으면 제대로 쓰기 어렵고 남들에게 공감을 얻기 힘들다.

정치란 理念의 산물인 것 같지만 실상 信念의 산물이고, 신념의 원리에 의해 작동된다. 특히 진보와 보수세력 간 갈등이 극심한 한국의 정치행태, 정치문화는 더욱 그러하다. 이념이란 서로 의견이 다를 경우 그 이치를 하나씩 따져 합일점을 찾을 수 있으나 신념은 그것이 불가하다. '맞고 틀리고의 문제'가 아니라 '믿고 안 믿고의 문제'이기 때문이다.

근대 한국인들의 정치이념은 특정 정치인에 대한 교조적 신념으로 고착되었다. 예컨대 노무현, 문재인을 믿고 따르는 진보세력과 박정희, 박근혜를 신봉하는 태극기부대로 양분된 것이다. 따라서 이들 간에는 옳고 그름의 문제를 가지고 백년 토론해도 결론 안 난다. 근본적으로 서로 믿고 섬기는 신봉 대상이 다른 때문이다. 상대가 아무리 논리에 부합한 말을 해도 아니라고 우기는 데에는 대책 없고, 상대가 아무리 허황된 말을 해도 사실이라 믿고 따르는 데에는 방법이 없다.

사람들의 이러한 광신적 정치의식과 행태는 오직 미개함, 무지함에서 비롯된다. 사안의 이치를 따져 옳고 그름, 합리와 불합리를 가릴 만한 지혜가 부족하니 객관적 이념보다 주관적 신념으로 모든 것을 판단하고 주장하고 밀어 붙이는 것이다.

▮ 정치얘기는 어떤 내용의 말을 해도 천박하다.

이른바 종일 편파방송만 일삼는 종편채널이 생긴 이후 이 나라엔 옳고 그름의 논리기준도 합리적 이념체계도 언어의 품격이나 규범도 전래의 정신문화도 건전한 상식도 그에 근거한 사회적 신뢰기반도 깡그리 무너져버렸다. 그야말로 아무런 생각없이 아무나 기어 나와 아무 말이나 마구 지껄이는 아무 말 대잔치시대가 도래한 것이다.

■ 이런 막가파시대, 막가파들의 세상, 나도 이젠 아무 글이나 막 쓰고 아무 말이나 막하고 아무렇게나 막 사는 거다.

옳고 그름의 기준은 무엇인가?

'자유·평화·번영·정의' 이 네 가지 대명제는 시대가 바뀌어도 결코 변하지 않고 異論의 여지가 없는 만인공통의 지향이념이자 핵심가치다. 따라서 이 네 가지 이념구현, 가치실현에 배치되는 모든 말과 행위는 옳지 못한 것으로 보면 맞다.

자신의 주장과 행동이 타인의 자유를 침해하지 않는지, 공동체 평화와 질서를 저해하지 않는지, 사회경제적 발전에 위배되지 않는지, 상식에 기초한 정의 기준에 어긋나지 않는지를 검토해보면 대략 옳고 그름을 판단할 수 있다.

孟子의 性善說은 틀렸다.

요즘 각 신문 정치기사에 쏟아지는 대중의 온갖 잔악무도한 댓글들을 보면 이를 여실히 확인할 수 있다.
모두들 겉으로는 점잖은 척, 고상한 척, 교양 있는 척 행동하지만 그 내면에는 짐승만도 못한 악마적 심성을 숨기고 있다.

▌맹자가 만일 요즘 인터넷 신문기사에 올려진 수많은 악플들을 봤다면 자신의 주장이 틀렸음을 즉각 시인할 것이다.
나는 무지한 사람의 선함을 신뢰하지 않는다. 무지한 자들일수록 막상 세상물정 알게 되고 본인 이해관계가 걸린 일에 직면하게 되었을 경우 언제, 어떻게 돌변할지 모르기 때문이다. 그러나 앎이 깊은 사람의 경우 여간해서는 남에게 해를 끼치거나 자기 양심에 어긋나는 일은 하지 않는다. 스스로 정립한 도덕률에 따라 자신을 통제할 수 있기 때문이다. 따라서 무지는 萬惡의 근원이며, 무지한 자들이야말로 가장 경계해야할 대상이다. 인간은 부단한 공부와 자기수양노력 없이 결코 선한 심성을 갖추거나 유지할 수 없다.

'펜은 칼보다 강하다'

아니, 칼보다 위험하다.
수양이 덜 된 자들이 함부로 펜을 놀리면 남을 다치게 하기 십상이다.

▌특히 이 나라 기자들, 잘 듣고 새겨라!

남 비난 일삼지 말라.

되짚어 보면 그 모든 비난의 말들은 자신에게 해당되는 말이다.

▮ 근본 심성이 선하고 수양이 깊은 사람은 절대 남 비난을 일삼지 않는다. 남을 향해 쏟아낸 비난의 말들은 우주공간을 메아리처럼 떠돌다 언젠가 반드시 자신에게로 되돌아온다.

사람과 짐승이 다른 점은

생각하는 내용의 차이, 딱 그 차이다.

▌날마다 본능적으로 먹고 싸고 자고 놀고 즐기는 일, 그와 관련된 일에 대해 생각하는 것은 사람이나 짐승이나 똑 같다. 다만, 그 외에 다른 어떤 것을 생각하며 사느냐가 결국 사람과 짐승의 차이다.

약자보호가 세상의 법도라면

약육강식은 자연의 법칙이다.

이 두 가지 명제의 논리적 모순 속에 세상의 모든 혼란과 갈등이 비롯된다.

▌세상 이치를 궁극적으로 따져보면 과연 옳고 그름, 진리의 기준이란 무엇인지, 그 기준은 영원불변하는 것인지, 시대와 환경에 관계없이 적용 가능한 것인지에 대해 회의할 때가 많다. 그러나 현실적으로는 지금 이 시대, 이 환경에서 다수의 인구가 동의, 정립한 규범에 따를 수밖에 없다.

'정의란 무엇인가?'

正義에 대한 세상의 定義는 그동안 실로 어설펐다.
정의의 개념을 한마디로 정의하겠다.
정의란 '인간이 천성적으로 타고난 양심'이다. '양심'이란 무엇이냐? 최소한 남을 돕지는 못하더라도 남들에게 폐해를 끼치지 않으려는 마음이다. 남들의 억울한 사연을 들었을 땐 분개하고, 남들의 어려운 사정을 보았을 땐 무언가 돕고 싶어지는 그 마음이다.
사람이 살다보면 모든 상황에서 온전히 정의롭게 살긴 어렵다. 하지만 인간으로서 최소한의 양심만이라도 지키고자 노력하며 산다면 불의한 삶이라고 비난 받지는 않을 것이다.

▌ 일단 사회적 정의에 대해서만 말해보자.
쉬운 예로 누가 어디에서 뇌물 받고 이권개입하고 인사청탁하고 또 무슨 부정행위하고 그런 거 일일이 다 밝히려면 끝도 한도 없으니 그냥 그랬다고 치자. 과거 어느 독재자가 무소불위의 권력을 행사하며 밤이면 밤마다 딸 같은 연예인들 불러 모아 수청을 들게 했던 일 역시 쾌락을 추구하는 인간본능에 따른 것이니 그렇다고 치자. 전두환, 노태우가 나랏돈, 기업 돈을 수천억 원씩 강탈해 나눠 쓰다 감옥갔다온 것 역시 그저 자자손손 잘 먹고 잘 살자 벌인 짓이니 또 그렇다고 치자. 이런 행태는 동물적 욕망을 지닌 인간 세상에서 전혀 없을 수 없는 일인 바, 다 그렇다고 치자.

하지만 어느 시대, 어떤 상황에서라도 결코 있을 수 없고, 해서는 안 되는 일이 있다. 그것은 바로 인류사회 도덕체계의 최상위에 자리한 국가조직이 사악한 목적으로 권력을 남용하여 무고한 백성들의 신체를 구금하고 정신을 세뇌하고 인명을 살상하는 행위다. 이러한 행위만큼은 그 어떤 명분, 이유를 막론하고 절대 해서는 안 될 만고의 죄악이다.

굳이 먼 시대 사건들까지 거론할 것 없다. 근대사에서도 이런 범죄행위는 수없이 자행되어 왔고 관련자들 역시 아직 멀쩡히 살아있다.

예컨대 국가가 정보기관을 동원, 정적의 납치 살해를 기도하고 시국사건, 간첩사건 등을 조작하여 죄 없는 국민들을 처형하거나 감옥에 가두고, 자유와 인권을 주장하는 시민들에게 무차별 총격을 가하고 긴급조치 또는 삼청교육대 같은 초법적 수단으로 수많은 시민들을 체포, 구금, 폭행, 고문하는 행위 등은 천벌을 받아 마땅한 짓이다. 이는 뇌물죄나 절도죄, 사기죄 같은 일반 범죄행위들과는 비교조차 할 수 없는 악행이기 때문이다.

흔히 과거 인물들에 대해 '功過'를 참작하여 평가하자지만 이런 행위는 '단순 過가 아닌 명백한 罪'다. 그것도 천벌을 받아 마땅한 重罪, 大罪다. '過'란 선의를 가지고 어떤 일을 하려다가 실수한 것이지만 '罪'는 애당초 악의를 가지고 불법행위를 자행한 것이다. 功過의 기본개념조차 구분 못하면서 무슨 공과를 따져 평가하자는 말인가? 설령 그들에게 다소의 功이 있다 한들 이처럼 무겁고 큰 범죄를 저지른 악인들을 어찌 용서할 수 있나? 정상참작도 가능한 사안이 있고 불가한 사안이 있다.

그럼에도 더욱 기막힌 건 이런 천인공노할 과거 인물들의 온갖 악행과 범죄에 대해 분노하지 않는 자들이다. 심지어 그들의 행위를 옹호하고, 그런 자들의 후예가 속한 정치집단을 적극 지지하는 자들도 수없이 많다. 자신들 역시 언제라도 그런 잔악무도한 권력의 피해자가 될 수 있다는 생각을 왜 못하는가? 자기 부모형제들이 그런 원통하고 끔찍한 일을 당했다면 어떤 심경이겠는가? 그야말로 정의감이나 양심, 사회적 공감의식이라곤 전혀 없는 무지하고 미개한 자들이다.

진보세력 집권 후 계속되어온

이른바 '조중동발 경제위기론'으로 국민들 불안감이 가중되고 있다. 하지만 크게 걱정할 것 없다. 나라경제가 폭망해 문재인정부 무너지는 꼴 보는 것이 저들의 간절한 소원일지 모르겠으나 그런 못된 꿈, 헛된 꿈은 결코 이루어지지 않는다.

'자연경제주의'란 것이 있다. 영어로는 Natural Economism.
내가 지어낸 말이다. 이는 애덤스미스의 방임주의, 노자의 무위사상과도 맥이 닿아있다. 웃자고 하는 얘기가 아니다.
세상 경제흐름이란 그 원리를 알고보면 마치 대자연의 日氣와 같은 것. 흐린 날이 있으면 갠 날이 있고 어려울 때가 있으면 좋을 때도 있다. 세계경제는 이 같은 순환과정을 수천 년간 지속해왔다. 굳이 '보이지 않는 손' 어쩌고 하는 논거를 동원하지 않더라도 원래 경제란 작용 반작용의 자연법칙에 의해 호불황의 흐름을 부단히 이어가는 것이다. 이러한 경제현상, 시장원리는 지극히 당연하고 자연스러운 것으로 무리한 인위적 개입이 불필요하다.
특히 경제란 대내외 환경변화와 대중 심리작용에 의해 움직이는 것, 지나친 불안감과 위기의식을 가지는 것 역시 오히려 경제를 더 어렵게 할 수 있다. 각자 자기 위치에서, 자기 할 일만 열심히 하면 가정경제도 나라경제도 문제없이 잘 돌아갈 것이다.
근래 코로나19사태로 경제상황이 많이 나빠지긴 했지만, 잘 먹고 잘 살고자 하는 인간욕망이 사라지지 않는 한 경기는 곧 다시 회복된다. 역사상 모든 위기는 결국 다 지나갔고 다 극복되었다.

책을 읽는 시대가 아닌 영상을 보고 듣는

유튜브, SNS시대. 이제는 사람들에게 '왜 책을 안 읽느냐?'고 탓하기 보다 '왜 책을 읽어야 하는지?' 그 당위성, 필연성을 설명해야 할 때다.

이제 엉터리 책으로 사기 치던 시대는 끝났다. 과거엔 하도 읽을거리가 없다 보니 형편없는 수준의 소설책, 수필집 한 권만 출판해도 수많은 이들이 그걸 책이랍시고 사 읽었다. 지금은 읽을거리, 볼거리가 지천으로 넘쳐나는 시대. 인터넷만 검색하면 세상 온갖 재미있고 궁금한 내용들이 다 나오는 데 굳이 돈 들여 책 구입해 읽을 필요 없다. 특히 전 국민이 컴퓨터를 사용하는 요즘 종이책 출판은 자원낭비일 뿐이다. e북을 통해 언제 어디에서든 쉽고 편리하게 필요한 모든 책을 다 찾아 읽을 수 있는데 굳이 종이책 출판할 이유가 없다. 종이책에 대한 향수를 지닌 일부 구세대들이 사라지고 나면 종이책을 만드는 출판사나 서점도 다 사라질 것이다. 또한 앞으로 인터넷에서 찾아볼 수 없는 아주 독창적이고 특별한 내용의 책 아니면 거의 안 팔리고 안 읽힐 것이다.

정치판에 보면 한때 진보세력 또는 보수세력을

적극 지지하거나 그 세력에 몸담았던 자들이 뚜렷한 명분없이 어느 날 갑자기 돌변하여 자기 세력을 향해 온갖 비난과 공격을 일삼는 예를 더러 본다.
보수, 진보 어느 쪽을 불문하고 이런 자들은 사람으로서 기본 신의도 지니지 못했을 뿐더러 오직 자기 명리만 쫒아 사는 자들로 절대 상대하지 말아야 할 인간유형이다.

▌이른바 내부를 향해 총질하는 자들의 동기와 특성을 분석해보면 결국 자기 이익과 관련된 일 또는 개인적 질시심 때문이다. 특히 자기 소외감, 열등감에서 비롯된 질시심이 주원인인 경우가 많다.
예컨대 현재 잘 나가는 주류조직에서 자신에게 어떤 역할을 맡겨주지 않거나 또는 과거 함께 했던 동료들로부터 소외당했을 때 대개 이러한 행태를 드러낸다. 본인이 조직에서 왜 배척당했는지 근본원인은 살피려들지 않고 오직 주변사람들에 대해 원망과 앙심만 품고 있기 때문이다. 자기성찰의 자세라고는 전혀 없는 이런 자들. 근본 인간성이 그러하기에 조직에서 왕따를 당하는 것이다.
내부 총질을 일삼는 자들의 공통점은 남녀를 불문하고 첫째, 변변한 직업이나 수입원이 없는 자들 둘째, 언행이 가벼워 함께 큰일을 도모하기에는 신뢰감이 부족한 자들 셋째, 요망한 글이나 말만 앞세워 세인의 이목을 끌어온 자들 넷째, 자아도취에 빠져 자신이 무슨 대단한 인물이라도 되는 양 착각하는 자들 다섯째, 소위 '논객'이란 이름으로 이 방송 저 방송 돌아다니며 알량한 말재간이나 부려온 자들이다.

특히 이런 자들은 우선 생김새부터가 재수없게 생겼다. '人相이 心相'이란 말이 있듯 얼굴에 믿음과 덕, 선량함, 순수함이라고는 전혀 찾아볼 수 없이 얍삽하게 생긴 자들이 꼭 어느 조직에서든 배신을 일삼고 말썽을 일으킨다.

이유와 명분여하를 불문하고 누구라도 어느 날 갑자기 돌변하여 한때 자신이 몸담았던 조직이나 세력 또는 자신이 보필했던 상사, 함께 활동했던 동지들에 대해 비난과 공격을 일삼는다면 그 자체로 이미 인간취급 못 받는다.

이는 당초 불의를 도모하는 집단에서 본의와 다르게 또는 조직의 부당한 지시에 의해 어떤 역할을 수행하다 양심의 가책을 느껴 내부 문제점을 폭로, 고발, 비난하는 행위와는 차원이 다르다.

본인 스스로 그 조직을 선택했고, 그곳에서 자발적, 적극적으로 활동해왔다면 설령 어떤 문제점이 있더라도 내부 논의를 통해 충분히 해결을 도모할 수 있을 것이다. 그럼에도 불구하고 지극히 개인적 감정으로 별것 아닌 일을 동네방네 떠들고 다니며 마치 정의의 투사라도 된 양 온갖 소요와 분란을 일으키는 행위는 인간으로서 결코 해서는 안 될 짓이다.

자신이 어떤 조직이나 세력에 몸담고 오랫동안 뜻을 함께 해왔다면 그 조직의 잘못이나 문제점 역시 본인에게도 일정 부분 책임이 있는 것이다. 또한 그런 조직을 선택한 것이 자신의 실수였다면 그 역시 본인의 사리분별력이 그만큼 모자랐음을 증명하는 것이기도 하다. 이를 인정하지 않고 자신의 옛 조직이나 동지들을 일삼아 비난하는 행위는 결국 자기 얼굴에 침 뱉기며, 자신을 부정하는 행위다. 문제가 있다면 차라리 입 닫고 얌전히 있는 것이 인간으로서의 기본 도리다.

자신이 몸담았던 조직과 세력을 한번 배신한 자는 이후에도 두 번, 세 번, 열 번까지 충분히 배신한다. 이러한 속성을 세상 사람들도 내심 다 알고 있기에 이들은 나중에 결국 오갈 데 없는 낙동강 오리알 신세가 되고 만다. 상대쪽에서도 그저 필요할 때만 이들을 이용할 뿐 절대로 깊이 신뢰하지 않으며, 결국 어느 쪽에서도 사람취급 못 받는 약삭빠른 기회주의자로 낙인찍히게 된다.

태초에 만물의 形相이 있었다.

그 형상은 억겁의 시간이 지난 오늘날까지 어느 것 하나 변한 것이 없다. 이른바 산은 산, 물은 물, 산짐승은 산짐승, 물고기는 물고기, 사람은 여전히 사람의 형상으로 존재한다. 시간의 흐름에 따라 부분적 진화, 퇴화현상은 있을지언정 그 본래 형상이나 성질은 달라짐이 없다. 따라서 인간은 물론 지구상의 모든 동식물 심지어 무기체인 광물들까지도 처음 생겨난 형상과 성질 그대로 주어진 환경, 주어진 위치에서 각각의 쓰임새로 존재, 작동한다. 형상학이란 바로 이와 같은 우주만물의 본질적 형태와 성질, 불변의 원리, 상호관계 및 쓰임새의 작동이치 등을 체계적으로 살피고 논하는 것이다.(후략)

"사람은 반드시 생긴 대로 살아간다. 예외란 없다. 자신의 생긴 모습이 곧 자기 운명인 것이다. 귀하게 생긴 사람은 귀하게, 천하게 생긴 사람은 천하게, 평범하게 생긴 사람은 평범하게 살아간다. 귀공자나 귀부인처럼 수려하고 고결한 용모를 지닌 사람이 시장통이나 공사판 등에서 막노동을 하며 어려운 삶을 사는 예란 없다. 또한 노숙자나 걸인처럼 비천하게 생긴 사람이 큰 부자가 되거나 고위관직에 올라 부귀영화를 누리며 사는 경우도 없다. 사장처럼 생긴 사람은 사장으로, 학자처럼 생긴 사람은 학자로, 예술가처럼 생긴 사람은 예술가로, 회사원처럼 생긴 사람은 회사원으로, 막노동꾼처럼 생긴 사람은 막노동꾼으로 살아간다.

비단 삶의 과정뿐 아니라 그 性情이나 언행 역시 마찬가지다. 얼굴이 험상궂고 간교하게 생긴 사람, 얼굴이 선량하고 유순하게 생긴 사람. 얼굴이 고결하거나 진솔하게 생긴 사람은 반드시 그 마음씨와 행동도 그러하다.

사람뿐 아니라 여타 동물도 다를 바 없다. 호랑이는 사납게, 여우는 교활하게, 양은 순하게, 소는 우직하게, 곰은 미련하게, 독수리는 날쌔게 모두 생긴 모습 그대로 행동하며 살아가는 것이다.

반면 뱀이나 쥐 또는 하이에나처럼 추하고 혐오스럽게 생긴 동물들이 청결한 환경에서 깨끗한 먹이를 먹으며 고상하게 살아가는 예도 없다. 학이나 사슴, 꾀꼬리, 나비, 은어 등과 같이 어여쁜 모습을 지닌 동물 또는 곤충들의 사는 환경이나 행태 역시 대부분 그 생김새와 걸맞거나 유사하다.

심지어 식물들조차도 그러하다. 곧고 굵은 모양의 나무는 기둥이나 들보로 쓰이고, 외양이 볼품없는 나무는 잡목으로 활용되며, 아름다운 모양새의 풀꽃들은 화초로 길러진다.

이처럼 세상 모든 사물은 반드시 외적 形相에 따라 그 쓰임새 즉, 운명이 정해지는 것이다. 다만, 이 같은 이치를 거스르는 한 가지 예외가 있는데, 뒤에서 설명하기로 한다.(후략)“

위 글은 그동안 틈틈이 써두었던 〈형상학 개론〉의 서두. 이른바 市井에서 흔히 관상학이라 불리는 미신론을 하나의 학문으로 체계화를 시도한 것이다. 다시 읽어봐도 내 논리가 맞다는 생각이다.

한 가지 덧붙여 둘 것은 관상학을 상식이나 과학이 아닌 운명론적으로 접근, 해석하는 사람들은 모두 무지한 자들 아니면 사기꾼이라 보면 틀림없다.

황산에서의 마지막 밤,

나는 잠이 들었다. 그리고 꿈을 꾸었다.
나는 마침내 꿈에서 꿈을 이루어 靈界의 지존이 되었다.
내 발 아래로는 내가 그동안 한번쯤 만나보고 싶어 했던 전현세의 수많은 사상가, 철학가들이 모두 일렬로 늘어서 머리를 조아리고 있었다.
나는 그들을 하나씩 불러 평소 궁금하게 여겨왔던 것들을 질문해 보았다.
나는 먼저 예수에게 물었다.
"그대는 어찌하여 우주만물을 그대가 창조했다고 말하였는가?"
예수가 대답했다.
"어차피 창조주와 그 원인을 알 수 없는 우주일진대 아무러케나 말한들 그리 큰 죄야 되겠습니까?"
듣고 보니 그럴 듯 했다.
나는 다시 물었다.
"그럼 또 어찌하여 만인들에게 오직 그대의 말만이 진리이니 그대의 말만을 믿고 따르라 하였는가?"
"무지한 세상 사람들을 가르치는 데는 그것이 가장 쉽고 편리한 방법이었기 때문이었습니다."
나는 내심 그 방법에 다소 문제가 있다는 생각이 들었지만 그래도 궁극의 목적과 결과가 크게 잘못된 것 같지 않은지라 더 이상 추궁하지 않았다.
나는 다시 물었다.
"그대는 그럼 또 왜 전혀 근거도 없는 지옥이니 천당이니 영생이니 하는 말들을 일삼았는고?'
"그 역시 세상의 악인들을 그렇게라도 꼬여서 나쁜 짓을 못하게 하고, 그들의 심성을 선도하고자 했을 뿐입니다."
나는 더 물을 말이 없어 그만 물러가라 일렀다.
이번에는 석가를 불렀다.
"그대가 보리수나무 밑에서 얻은 깨달음이란 과연 무엇인고?"
"세상만사 결국 부질없고 허무하다는 것이었습니다."
"오직 그뿐인가?"
"우주만물의 생성소멸에 대한 근본 이치를 알게 되었습니다."
"더는 없는가?"
"인간이 살아가는 데 있어서는 특별히 무엇을 더 깨닫고 자시고 할 만한 것이 전혀 없다는 그 사실이었습니다."
"흠, 말이 되네!"
나는 그에게 고생했다는 위로의 말을 건네면서 한 가지 덧붙여 물었다.
"그럼 그대의 제자들 또한 윤회니 극락이니 업보니 하면서 근거 없는 말들을 일삼는 연유는 무엇인고?"
"그것은 앞서 예수가 말한 것과 비슷한 연유일 것이라 사료됩니다."
"알았네. 그만 물러가게."
이번엔 공자를 불렀다.
"자네는 세상에서 사람 사는 도리를 가르치느라 수고 많았네."
"감사합니다."
"그런데 자네의 가르침들은 시대환경이 바뀜에 따라 작금의 현실에서는 잘 안 맞는 예가 많은데 왜 좀 더 먼 미래를 내다보지 못했는가?"
"그것이 저의 한계였습니다."
"아무튼 고생했네. 가서 쉬도록 하게."

나는 틱낫한을 불렀다.

"자네는 세인들에게 소위 성자라고 불리는 사람이 어찌 그리 앎의 수준이 일천한가? 고작 사람들에게 무엇을 알려 준다는 것이 그저 일상생활에나 소용되는 처세술 따위에 지나지 않으니 부끄럽지 아니한가?"

"죄송합니다. 실은 아는 게 그 뿐인지라..."

"앞으로 공부 좀 열심히 하게."

나는 이번엔 톨스토이를 불렀다.

"자네는 세상 사람들에게 삶에 관한 이런저런 문제만 잔뜩 늘어놓고 정작 그 해답은 하나도 설명해주지 않았으니 어찌된 연유인고?"

"예? 무슨 말씀이온지..."

톨스토이가 다소 어벙한 표정으로 나를 쳐다보며 되물었다.

"자네의 인생독본을 두고 하는 소리일세. 이를테면 인간이 벼랑 끝에 매달려 혀끝에 떨어지는 꿀 한 방울의 맛에 취해 모든 고뇌를 잊고 산다는 것쯤이야 대부분의 사람들이 다 느끼고 있는 것 아니겠는가? 그렇다면 그 이후의 대책을 설명해 줬어야지."

"죄송합니다. 저 역시 뾰족한 대책이 생각 안 나서 그리하였습니다."

"알았네. 그만 물러가게."

이번엔 칸트를 불렀다.

"자네는 철학자인가? 수학자인가?"

나의 갑작스런 질문에 그 역시 난감한 표정으로 대답을 못한 채 머리만 조아리고 있었다.

나는 다시 말했다.

"내 자네에게 한 가지 충고할 것이니 잘 듣게."

"넵!"

"인간 존재의 본질적 문제를 다루는 철학이란 자네처럼 마치 수학 문제를 다루듯 분석적, 이론적으로만 접근해서는 결코 그 해답을 얻을 수 없는 것이네. 거기엔 반드시 나름의 직관적 깨달음이 있어야만 하는 것이네. 따라서 앞으로는 그저 쓸데없이 이런저런 복잡한 이론을 내세워 공연히 사람들을 헷갈리게 하지 말고 공부를 해도 한참 더 한 뒤 철학에 대해서 말하게."

"잘 알겠습니다."

다음엔 칼 맑스를 불렀다.

"자네는 자네의 실수와 잘못이 무엇인지 내 굳이 말 안 해도 잘 알고 있겠지?"

"죄송합니다."

"그릇된 앎이란 오히려 무지함만도 못한 것일세. 앞으로 철저히 근신하고 반성하게."

"예."

다음엔 아인슈타인을 불렀다.

"자네는 이른바 상대성 이론의 소용과 결론이 무엇인지를 내가 충분히 이해하고 납득할 수 있도록 설명해 보겠는가?"

"불가합니다."

"이유는 무엇인가?"

"그것은 말이나 글로써 설명할 수 없는 것이기 때문입니다."

"되었네. 그만 물러가게."

이번엔 몽테뉴를 불렀다.

"자네는 소위 철학을 한다는 사람이 어찌 하고 한날 삶의 본질적 문제가 아닌, 일상의 신변잡사에 대해서만 그리 너절한 얘기들을 늘어놓은 것인고?"

"삶의 궁극과 본질에 관해서는 깊이 생각해본들 결국 뾰족한 해답도, 특별한 대책도 얻을 수 없었기 때문입니다."
"일리는 있는 말일세. 가서 일보게."
다음엔 마르크스아우렐리우스를 불렀다
"자네가 평생 동안 말한 것은 이미 석가가 진작 다 말한 것이 아니었던가?“
그가 대답했다.
"하지만 석가가 한 말을 결코 의식하고 한 말은 아니었습니다."
"그럴테지. 사람은 어느 경지에 이르면 누구나 그 생각이 다 비슷해지는 법이니까. 자네도 그만 물러가게."
나는 좌중을 둘러보았으나 특별히 누군가를 더 불러 무엇을 물어볼 만한 인물들을 찾을 수 없었다. 단지, 저 한쪽 끝자리에 앉아 이리저리 눈치만 살피고 있는 니체와 야스퍼스 등을 불러 실존주의 철학에 대해 잠시 물어볼까하다가 어차피 대답은 헛소리일 것이 뻔한지라 그만 두었다.
다시 심심해진 나는 좌우 호법에게 일러 일제히 풍악을 울리게 하고 일만 선녀들로 하여금 군무를 추게 명한 뒤 아득한 구름 위에서 한때의 휴식을 즐겼다~~

이는 40세 되던 해 써두었던 구도소설 〈隱者이야기〉-미출간- 중 사족으로 덧붙인 내용. 꿈에서야 무슨 생각, 무슨 말인들 못하랴.
단지, 弄舌로 쓴 이야기지만 전혀 허무맹랑한 내용은 아닌 바, 잠시 새겨 읽어도 무방할 것이다.

'여기 한 사람이 이제야 잠들도다
뼈에 저리도록 인생을 울었느니
누구도 이러니 저러니 함부로 말하지 말라!'

이호우 시인의 '墓碑銘'이란 시조다.
세상에 뉘 있어 자신의 묘지에 이처럼 멋지고 훌륭한 묘비명을 남길 수 있을 것인가.

詩篇

여기 수록된 시들은 10대 후반부터 지금까지 틈틈이
적어두었던 부질없는 생각의 편린들이다.
유치한 감정의 민낯을 여실히 드러낸 졸작이 대부분이나,
내 정신의 歷程을 돌아본다는 의미에서 한 데 모았다.

제1장

자유시

어느 예술가의 초상

저것은 분명 이른 아침 풀끝에 맺힌 투명한 이슬방울이다. 새벽안개 자욱한 어느 강가에서 소리 없이 일고지는 물방울이다. 어둠 속에 빛나는 별, 외로운 반짝임이다. 멀고 아스라한 그리움이다. 참고 또 참는 누군가의 울먹임이다. 첫사랑의 아픔으로 멍울 진 가슴 속 응어리다. 세상에서 가장 맑고 고운 슬픔만 어린 눈물방울이다. 내 유년의 기억 저편 떠오르는 예쁜 풍선 또는 비눗방울이다. 다이아몬드나 에메랄드처럼 찬연한 보석의 결정체이다. 저무는 노을빛이 아닌, 밝은 아침햇살만으로 곱게 물든 한 톨의 연시이다. 아니, 아직은 채 익지 않고 여물지 않고 싹 트지 아니한 그 어떤 지상의 고귀한 열매, 또는 씨앗의 모양이다. 그리운 연인의 얼굴이다. 눈밭의 흰 사슴, 그것의 애처로운 표정과 눈빛이다. 아니, 아니, 저것은 분명 누구의 붓으로도 그려낼 수 없고 누구의 시로써도 노래할 수 없는 지순한 아름다움과 지극한 안타까움과 지고한 무엇인가의 그 아련하고도 흐릿한 형상이거나 혼령이거나 그림자일 것이다.

悔恨

가슴 아픈 일이 어디 그뿐이랴.
슬프고 괴롭고 안타까운 일이 어디 그뿐이랴.
사랑하는 이를 떠나보낸 일뿐이랴. 그리운 이를 못 만나는 일뿐이랴. 속절없이 늙고 병들고 죽어가는 일 뿐이랴.
뼈에 사무치는 일이 어디 그뿐이랴.
말할 수 없이 부끄럽고 후회스러운 일이 어디 그뿐이랴.

수학공부

지난 60년 동안 세상의 모래알갱이 수를 다 헤아렸고
저 산야의 나뭇잎이 몇 개인지도 다 헤아렸네
다만, 그 수의 합을 밝히지 못함은
세상 모든 숫자를 동원해도 이를 표현할 수 없음이네.

더 늦기 전에, 더 늙기 전에

60세의 봄에도 꽃이 필까
얼굴에 주름살이 더 늘기 전에
머리카락이 더 빠지기 전에
서로가 서로를 못 알아보기 전에
이 봄이 가기 전에
우리는 만나야 한다.

해질 무렵

세상에서 지는 것은 모두 쓸쓸하다.
해가 지고 꽃이 지고 낙엽이 지고
목숨이 지는 일은 또 어떠리.

해질 무렵 멧새들 둥지 찾아들 듯
조롱(鳥籠) 같은 도심의 아파트 입구로
고단한 깃 접은 이들
또 하루 안식을 위해 총총히 모여든다.

저녁 어스름 깔리는
이 쓸쓸한 적멸(寂滅)의 시간
오늘 하루는 영원 속으로 사라지고
내일은 또 내일의 태양이 뜨리.

하루살이의 하루

한여름 밤 도심의 가로등 불빛 아래로
하루살이 떼 몰려 든다.
길어야 하루밖에 못 살 찰나의 목숨들이
하루의 시작은 이제부터라고
시간은 숫자에 불과하다고
오늘 하루도 열심히 살았노라고
서로를 위로 격려하며
허공에서 신나게 群舞를 추고 있다.
내일 계획일랑 묻지 마라
단 한번, 단 하루 주어진 一生
소중히 여기라는 말 따위도 당치 않다.
어차피 오늘 지나면 너도 나도 형체조차 없이 다 사라질 목숨
아침에 죽으나 저녁에 죽으나
밤 아홉시에 죽으나 열시에 죽으나 무슨 의미가 있으랴.
해진 저녁이면 모두 환한 불빛 아래 모여
미친 듯 춤추고 즐기다가
날 샌 아침 조용히 사라지면 그뿐.
오늘 저들이 한바탕 잔치를 벌이고 떠난 자리에는
내일 밤 또 다른 하루살이 떼가 모여
현란한 날갯짓으로 춤판을 벌일 것이다.
앞으로 천년 동안 똑 같은 짓을 되풀이 할 것이다.

이제 아무도 사랑하지 않으리

- 노무현 대통령 서거에 붙여

사랑하는 사람들은 왜 모두 먼저 떠나는가
강물처럼 밀려드는 슬픔을 감당 못해 나는 목 놓아 울었네
이제 아무도 사랑하지 않으리.

태평성대

- 노무현 대통령 장례식 이후

도대체 무슨 문제란 말인가. 5월 하늘은 여전히 맑고 푸른데 해는 동쪽에서 떠서 서쪽으로 지고 거리의 자동차들은 씽씽 잘 달리고 집안엔 전기도 가스도 수도도 TV도 아무 이상 없이 잘 나오고 있는데, 한 때의 분노도 함성도 모두 사라지고 휴일 광장에는 손에 손을 맞잡은 사람들이 저렇듯 평화롭게 노닐고 있는데 도대체 무슨 일이 있었단 말인가.

묵념

우주만물의 실상도 세상만사의 이치도 인간존재의 의미도 자기 자신의 정체마저 모른 채
세속의 영광도 육신의 안락도 단 한때 삶의 짧은 희열마저 느껴보지 못한 채
오직 들풀처럼 살다가 들풀처럼 스러져간 세상 모든 이름 없는 넋들을 위하여
살아남은 자들의 기억에서 이미 다 잊혀지고 지워져 이제는 아무도 생각하거나 위로해 주지 않는 그 가엾은 영혼들을 위하여
묵념!

침묵 또는 죽음

모든 말의 쓸데없음과
모든 행위의 부질없음을 깨닫고
일체의 언행을 멈추었을 때
인간의 삶은 비로소 완성된다.
침묵 또는 죽음으로서.

쌀알

땀방울 눈물방울 이슬방울 같은 쌀알.

물

나는 높은 곳이 아닌
낮은 곳으로 내려가려하네
아래로 아래로 내려가고 또 내려가 바닥에 닿아 보려하네
내 존재의 발원지, 육신과 정신의 본향에 이르고자하네
더는 내려가지 않아도
더는 흘러가지 않아도 되는 그 밑바닥.

치통

직접 아파보지 않은 사람은 말하지 마라.
남의 아픔이라고 가벼이 여기지도 마라.
어느 이별의 아픔이, 어떤 상실의 고통이 이보다 크랴.
'세상에서 가장 행복한 사람은 이빨이 아프지 않는 사람'이라고 선언하고 싶은 이 처절한 고통의 순간
이빨 하나의 아픔에도 뿌리째 흔들리는 영혼.

병증에 대하여

잠이 잘 안 오는 것을 불면증이라 한다면
잠을 잘 자는 것은 숙면증이라 해야 할 것이고
기분이 늘 우울한 것을 우울증이라 한다면
기분이 늘 명랑한 것은 명랑증이라 해야 한다.
그렇게 따진다면 세상에 병 아닌 것이 없다.

꽃의 이름

꽃의 이름은 꽃 모양만큼이나 아름답다.
장미 백합 수련 모란 금잔화 옥잠화 해당화 수선화 봉선화 튤립
다알리아 카네이션 사루비아…
너의 이름을 저 꽃 옆에 놓아보아라.
얼마나 아름다운지 향기로운지 추한지 부끄러운지.

女優 장미희

장미희는 꽃의 이름이다. 금잔화 해당화 봉선화 수선화 같은 꽃의 이름이다. 장미희는 보석의 이름이다. 백옥 진주 루비 다이아몬드와 같은 보석 이름이다. 아니다. 장미희는 꽃의 이름도 보석의 이름도 아닌, 세상 모든 아름답고 빛나고 우아하고 고귀한 것의 대명사이다.

만물의 실상과 의미

둥근 것은 다 구슬, 맑은 것은 다 이슬, 여린 것은 다 눈물, 고운 것은 다 비단, 밝은 것은 다 등불, 빛나는 것은 다 보석, 고요한 것은 다 호수, 흐르는 것은 다 강물, 지는 것은 다 황혼, 말 없는 것은 다 바위, 아득한 것은 다 하늘, 넓은 것은 다 바다, 높은 것은 다 산, 어여쁜 것은 다 꽃, 간절한 것은 다 사랑, 외로운 것은 다 섬, 떠나는 것은 다 배, 기다리는 것은 다 항구, 몰아치는 것은 다 파도, 스쳐가는 것은 다 바람, 이름 없는 것은 다 들풀, 변하는 것은 다 뜬구름, 변하지 않는 것은 다 금강석, 화려한 것은 다 장식, 사라지는 것은 다 물거품, 남는 것은 다 쓰레기, 아쉬운 것은 다 지난 날, 어쩔 수 없는 것은 다 현실, 가엾은 것은 다 생명, 아픈 것은 다 상처, 착한 것은 다 천사, 그리운 것은 다 임, 정다운 것은 다 이웃, 어진 것은 다 어머니, 엄한 것은 다 아버지, 이길 수 없는 것은 다 형님, 따뜻한 것은 다 누님, 가까운 것은 다 친구, 재미있는 것은 다 놀이, 허무한 것은 다 끝, 받은 것은 다 빚, 준 것은 다 보람, 아늑한 것은 다 고향, 은혜로운 것은 다 하나님, 자비로운 것은 다 부처님, 노래하는 것은 다 새, 푸르른 것은 다 숲, 여문 것은 다 씨앗, 어린 것은 다 새싹, 싱그러운 것은 다 향기, 소중한 것은 다 보물, 이룰 수 없는 것은 다 꿈, 순수한 것은 다 자연, 취하는 것은 다 술, 말할 수 없는 것은 다 비밀.

태평양을 건너며

태평양이 얼마만큼 넓은지
그대 향한 내 마음 속 그리움의 量이 어느 정도인지
나는 오늘 이 망망대해의 한 가운데에 와서야
비로소 처음 느끼고 표현할 수 있었네.

어느 새벽에

아직 잠들지 않고 깨어있는 이들이 있는가
멀리 불 켜진 집들의 창문이 별빛처럼 반짝거린다
별이 빛나지 않는 밤하늘은 쓸쓸하듯이
불 켜진 창 하나 없는 세상의 밤은 얼마나 적막하리

불면으로 뒤척인 밤의 긴 시간들이
날 샌 아침이면 모두 헛되이 사라져버릴지라도
이 어둠이 걷히고 새날이 밝아 올 때까지
정녕 누군가 몇몇은 깨어 있어야하리

누군가 몇몇은 맑은 정신으로 깨어
어두운 창 불을 밝히고
밤새 잠 못 드는 이들의 지친 눈가에
한 줄기 별빛으로 반짝거려야하리
서로의 외로운 존재를 신호해야 하리.

東海 行

사는 일 너무 답답해
어디론가 멀리 떠나버리려고
꼬박 한나절 길을 달려
동해바다, 저 아득한 수평선을 마주하고 서면
이제 더는 앞으로 나아갈 수가 없네
사람이 결국 예까지 밖에는 올 수가 없네
이승과 저승의 경계인 듯
지상의 모든 길은 여기에서 끝나고
나는 다시 발길을 되돌릴 수밖에 없네.

어머니

어머니는 하늘이고 땅이고 산이고 강이고 숲이고 꽃이고
어머니는 사랑이고 눈물이고 한숨이고 안타까움이고 그리움이고
어머니는 꿈이고 노래이고 시이고
아아, 어머니는 우주이고 고향이고 집이고
아니, 아니, 어머니는
그 모든 것들의
영원한 어머니, 어머니이시다.

어머니 생각

하루 온 종일 힘겹게 들일을 하고 지쳐 들어오신 어머니는
밤이면 나를 품에 안고 재우시다가
언제나 나보다 먼저 쓰러져 잠이 들곤 하셨다

그러면 심심해진 나는
먼저 잠드신 어머닐 흔들어 깨우기도 하고
혼자 칭얼거리기도 하다가
어느 결인가 어머닐 따라 스르르 잠이 들곤 하였는데
지금 내가 이 만큼 다 자라서도
밤이면 잠을 잘 이루지 못하는 것은
아직도 어머니 품이 그리운 때문인가
세상살이가 너무 고달픈 때문인가.

어떤 표정

방금 전
아주 찰나적으로
잠시 내 눈에 비쳤다 사라진 당신의 표정은
분명 누군가를 닮아 있다

언제였던가
기억에 희미하면서도 내 머릿속에 생생히 남아 있는 그 표정은
내 은둔의 시절, 집안에서 무위로 뒹굴고 있을 때
노크도 없이 방문을 펄쩍 열고 들여다보던
그 사람의 표정이었던가
한 밤중 신림동 언덕배기 하숙집 문간에서
갑자기 내 앞을 가로막아 서던 그 사람의 표정이었던가
아니면 최루가스 자욱한 어느 길모퉁이에서
솔개처럼 다가와 내 목덜미를 낚아채던
바로 그 사람의 표정이었던가

방금 전
아주 찰나적으로
잠시 내 눈에 비쳤다 사라진 당신의 얼굴표정은
낯설지만 또 아주 낯익은 그 누군가의 표정을
분명 닮아 있다.

대성리에서

1982년 가을
가난한 연인들 하루쯤 행복해질 수 있는
대성리 강변에는
긴 산책로를 따라
고만고만한 또래의 어린 버드나무들이
서로 어깨에 어깨를 감싸 안은 채
바람에 흔들리고 있었고
그 속에서 우리의 눈짓 손짓 몸짓은
가을햇살에 찬연히 반짝이는
버드나무 이파리 이파리들이었다

눈물을 흘리며 여자를 그리워 할 수 있었던 시절
스무 살의 사랑, 스무 살의 이별을
기억하는가 그대여, 저 버드나무 숲이여

지금 그 때의 어린 버드나무들이 다 자라 어른이 되고
나는 이 가을도 대성리를 찾지만
내 마음의 한쪽 가지 끝에는
아직도 그 때의 버드나무 이파리들이 남아
바람에 표표히 흔들리고 있나니.

병원 풍경

어머니가 노환으로 입원을 하셨다
어떻게 해야하나
저렇듯 거동조차 힘든 어머니를 퇴원 후엔 또 어디로 모셔야 하나

맏이는 집안형편이 어려우니까
둘째는 맞벌이 부부니까
셋째는 갓난아이가 있으니까
딸들은 출가외인이니까...

비단, 우리 집 아들딸만이 아니라
301호 302호 303호...
고만고만한 병실마다 고만고만한 아들딸들이 모여
저마다 심각한 고민과 걱정을 하고 열심히 머리를 굴리다가
때가 되면
고3 아이의 도시락을 싸기 위해
막내 딸 피아노 교습시간을 맞추기 위해
약국 문을 닫고 저녁밥을 짓고 밀린 빨래와 집안 청소를 하기 위해
모두 종종 걸음으로 바쁘게 병원 문을 빠져 나간다.

시인의 방

창은 하늘로 열려 있고
길은 바다로 트여 있네
시인은 꿈꾸는 자유인
한 평 방안에 앉아서도
광활한 우주의 이치를 보네
천지간 물소리 바람 소리를 듣네.

아가에게 들려주는 눈에 관한 설명

아가야
세상에는
눈을 떠야 보이는 것이 있고
눈을 감아야 보이는 것이 있단다
눈을 뜨고 보는 것은 순간이지만
눈을 감고 보는 것은 영원하단다
그리고 아가야
세상엔 눈을 떠야 보이는 것들과
눈을 감아야 보이는 것들이 함께 있어
사람들은 끊임없이 눈을 떴다, 감았다하는 거란다.

민들레꽃

어느 먼 산골에서 한 점 씨앗으로 바람에 날려 와
이 낯설고 삭막한 도시 위에 저렇듯 외롭고 힘겹게 뿌리를 내렸을까
집 앞 골목길을 나서다 우연히 발견한 한 포기 민들레꽃
너무도 내 모습을 꼭 빼어 닮은 저 민들레꽃.

감나무 그늘 아래서

푸르고 무성했던
봄, 여름 다 지나고
이 가을 단풍 드는 감나무 아래 서면
알알이 가지 끝에 익어가는 홍시들

계절이 지나고 세월이 흐를수록
우리들 철없음도 미숙함도
시고 떫었던 생각들도
저 홍시처럼
곱고 붉게 익어 갔으면.

사랑과 전쟁

사랑이란 싸우는 것이다
귀가 시간이 늦었다고 싸우고 집안을 오래 비웠다고 싸우고
반찬이 너무 짜거나 싱겁다고 싸우고
양말짝을 아무데나 벗어 던지고 치약을 아무렇게나 짜 쓴다고 싸우고
싸울만한 이유가 없으면 이유를 만들어서 싸우고
사랑이란 매일같이 싸우는 것이다

때로는 너무 사랑해서 싸우고 너무 보고 싶어 싸우고
너무 오래 기다리다 싸우고 너무 반가워서 싸우고
그가 내 옆으로 돌아눕지 않는다고 싸우고
먼저 잠들어버린다고 싸우고 코를 곤다고 싸우고
심심해서 싸우고, 외로워서 싸우고, 재미있어 싸우고
그렇게 싸우고 또 싸우는 것이다

싸우되 반드시 져주는 것이다
상대에게 항복하면서 행복해하는 것이다
싸운 후엔 더욱 정다워지는 것이다
그리고 다음날이면 또 싸우는 것이다

싸우지 않는 사랑이란 이미 젊음이 지났다는 것이고
열정이 식었다는 것이고
너무 늙었다는 것이다.

이사를 하며

계절이 바뀔 때마다 먹이를 쫓아 이동하는 철새처럼
새로 바뀐 직장을 따라 이사를 한다.
강남에서 강북으로 강북에서 다시 강남으로
고단한 삶 어느 한 곳에선들 편히 깃들이지 못한 채
기러기 떼 같은 식구들을 줄줄이 이끌고
이곳저곳으로 이사를 다니다보면
나는 한 마리 철새인양 목쉰 울음을 토하고 싶다.

그러나 이사를 자주 하다보면 보다 쉽고 편하게 사는 요령도 익히
게 된다.
이삿짐을 꾸릴 때는 가능한 단출하게
삶에 꼭 필요한 것들만 골라 챙기고
그 밖의 너절한 것들은 모두 내다 버려야한다는 것을
낡은 시집이나 빛바랜 추억 또는 그리움이 담긴
오래전 일기장, 사진첩, 편지뭉치 따위는
쓸모없는 것이란 것을
평소 소중히 여기고 살아온 것들일수록
떠날 때는 짐만 된다는 것을
체험으로 깨닫게 된다.

떠도는 자에게 무엇인들 소중하랴
지친 심신의 안식을 위해서는
사랑인들 쉬 못 버리며 영혼인들 팔지 못하랴
지금은 오직 어느 한곳에서든

고단한 깃 편히 쉴 수 있는
작은 둥지 하나 간절히 그립다.

이삿짐을 싣고 한강대교를 지나며 바라본 차창 밖으로
마치 떠도는 우리 식구들처럼
몇 마리 철새 떼들이
빗속에 또 어디론가 줄지어 이동하는 모습이 보인다.

新 特質考

전라도 사람들 말투는 아무리 고상한 말을 해도 천박하게 들리고
경상도 사람들 말투는 아무리 유식한 말을 해도 무식하게 들리고
충청도 사람들 말투는 아무리 똑똑한 말을 해도 멍청하게 들리고
강원도 사람들 말투는 아무리 세련된 말을 해도 촌스럽게 들리고
경기도 사람들 말투는 무슨 말을 해도 다 그럴싸하게 들린다.

눈 오는 날

선녀들이 따뜻한 양지쪽 볕살들을 모아
산골짜기 외롭게 떠다니는 은빛 메아리를 모아
겨울 들판 위에 하얀 빛살을 뿌려주고 있다.
봄이 오면 온 들판 가득 파릇파릇 새싹들이 돋아나라고
겨우내 잠든 나뭇가지마다 어여쁜 꽃망울이 깨어나라고
선녀들이 따뜻한 양지쪽 볕살들을 모아
산골짜기 외롭게 떠다니는 은빛 메아리를 모아
겨울 들판 위에 깃털처럼 하얀 빛살을 뿌려주고 있다.

누나들에게 띄우는 편지

중국에 孔子 孟子 荀子 老子 莊子 같은 聖人들이 있다면
한국에는 永子 春子 金子 銀子 玉子 같은 聖女들이 있다.
이른바 개발경제시대, 모두가 헐벗고 굶주렸던 그 赤貧의 시기
단지, 입 하나 줄이기 위해
어린 동생과 가난한 부모님과 허물어져가는 종갓집 자손들 뒷바라지를 위해
맨손, 맨몸으로 참혹한 삶의 戰場에 뛰어들어
구로공단 열악한 공장에서 도회집 부엌간에서 뒷골목 식당에서 선창가 주점에서
온갖 삶의 苦行을 겪고 이겨낸 우리의 누나, 어머니, 할머니들.
그 인생의 곡절이 비록 험하고 남루했을지언정
누가 감히 이들의 삶을 업수이 여기고 부끄러이 여기고 한시라도 잊어버리고 살 수 있으랴.

연약한 여성으로 태어나
자라서는 낯선 집 며느리가 되고, 무지렁이 잡놈들의 마누라가 되고, 주렁주렁 흥부네집 어머니가 되고
늙어서는 세상에 모든 것 다 내어주고 껍데기만 남은 채 꼬부랑 할머니가 되어가는
이 땅의 모든 영자 춘자 금자 은자 옥자 숙자 화자 경자 미자 혜자 순자 누나들에게
그 성녀처럼 거룩하고 꽃보다 아름다운 이름들에게
죽은 뒤 고향 땅에도 묻히지 못하고 낯선 시댁마을 또는 타관객지에서
한줌 흙으로 먼지로 바람으로 산화하여

이제는 삶의 흔적조차 찾을 수 없는 조선 累代의 모든 누나들에게
그 가엾고 외로운 영혼들에게
큰 빚을 졌다고, 고맙다는 말 전하지 못해 미안하다고, 뒤늦게나마 반성하고 자책한다고
향을 사르고 꽃을 올리는 마음으로
진심어린 감사와 찬사와 존경과 위로와 사죄의 뜻을 담아 이 편지를 띄운다.

잘 있거라, 세상의 모든 것들이여

잘 있거라, 세상의 모든 것들이여
내 사랑했던 친구여, 연인이여, 주위 모든 사람들이여
저 눈부신 5월의 아침햇살이여, 아름다운 꽃들과 푸르른 나무숲길이여
잠시나마, 잠시나마 내 발길과 눈길과 생각 속을 스쳐지나갔던 풀 한 포기, 나무 한 그루, 강변의 작은 모래알 하나까지도 잘 있거라

내 정녕 모두에게 작별의 긴 인사는 전하지 못할지라도
함께 나눌 수 없는 이야기들일랑 가슴속에 묻은 채로
이제는 말없이 떠나야 할 시간
공연히 슬퍼하거나 연민하지 마라
스스로 원한 떠남이거늘 무슨 아쉬움인들 남아있으랴

사는 일이 설령 소중하고 대단한 일일지언정
그저 이렇게 조용히 떠나가면 그뿐
떠난 후엔 그리움도 사무침도 안타까움도
모두 일순의 바람이고 구름인 것을

잘 있거라
내 삶의 한때 소중했던, 그리고 정들었던 모든 것들이여
이 세상 존재하는 모든 것들이여
잘 있거라

고향 풍경

겨울 날 해 지고 난 뒤의 어스름녘, 검게 드리운 산 그림자, 곳곳에 희끗희끗 남아있는 잔설들, 작고 초라한 시골집, 옥수수 그루터기 어지러운 자갈밭, 거무스름한 흙빛의 좁은 길, 개울가 돌멩이들로 아무렇게 쌓아올린 담장들, 남루한 차림의 村老, 이따끔 들리는 개 짖는 소리, 황량한 저 바람소리...
누구든 충분히 절망하고 외로워질 수 있는 내 고향
강원도 영월군 하동면 예밀리 173번지

가을 대성리

가을날 대성리에는
온통 반짝거리는 보석들 투성이다.
투명한 가을 햇살과 잔물결과 강변의 모래와 조개껍질과
피라미 떼의 비늘과 흔들리는 나뭇잎과
아름다운 연인들의 눈빛과
그들의 맑은 눈에 고이는 이슬 같은 눈물방울과
가을날 대성리에는
온통 반짝이는 보석들 투성이다

후회에 대하여

우리가 그 어떤 모자람에 대해 깨달았을 때는
이미 그 모자람을 채우기 어렵게 된 때가 많다
사람들은 흔히
오랜 세월을 헛되이 보내고도
최후의 순간엔 단 며칠의 시간이 부족해 안타까워하고
수많은 재산을 헛되이 낭비하고도
나중엔 단돈 몇 푼이 아쉬워 쩔쩔매게 된다
모든 후회는 돌이킬 수 없을 때 찾아오고
그 후회는 영원히 후회로만 남게 되는 경우가 대부분이다
흔히들 늦었다고 생각될 때가 가장 빠른 때라지만
이미 늦었다고 생각했을 땐 진짜 늦어버렸을 경우가 대부분이다.
그래서 사람은 항상 앞서 생각해야 하고
미리 준비해야만 하는 것이다

제2장

시조시

빨래가 나부끼는 풍경

강마을 저 외딴집
빨랫줄에 나부끼는

옥양목 치마저고리
그 환한 옷자락엔

햇살도
바람도 구름도
강물 빛도 실려 있네

이슬방울

꽃잎이 피었던 자리
낙엽이 앉았던 자리

생각이 일고 진 자리
고요가 머물렀던 자리

그 자리
바로 그 자리
이슬방울 맺혔다

사랑이 떠나간 자리
눈물이 떨어진 자리

별빛이 내렸던 자리
적막이 고였던 자리

그 자리
바로 그 자리
이슬방울 맺혔다

登山日誌

하늘이 높으면 얼마나 높은 것이냐
우주가 넓으면 얼마나 넓은 것이냐

오솔길
개미 한 마리
산을 기어오른다

아쉬움 하나

삶은 바람 같은 것
삶은 또 구름 같은 것

내 오늘 죽는다한들
무슨 미련 있겠냐마는

쓰다만
詩句 하나가
못내 맘에 걸린다

5월 산책길에서

어쩌자 神은 내게
무거운 죄를 지워

저 五月 하늘 한번
날아보지 못하게 하고

이 강가
민들레꽃처럼
목을 뽑고 서게 하나

寺塔 아래서

죄업도 쌓놓으면
탑만큼은 높아 뵈고

은혜도 떠올리면
달처럼 둥그나니

우러러
갚을 길 없는
이 恨이여, 목숨이여

南美紀行詩

미끈히 뻗어 오른 야자수 그늘에 앉아
南美 아가씨들의 늘씬늘씬한 다리를 보며
사람과 樹木이 결국 한 뿌리임을 느낀다

삶은 무엇인가?

삶은 계란 같기도 하고 삶은 두부 같기도 한
일면 둥글기도 하고 일면 모나기도 한
내 아직 무엇인지를 알 수 없는 삶은 그것

삶은 감초 같기도 하고 삶은 소태 같기도 한
일면 달기도 하고 일면 쓰기도 한
아직도 실체와 맛을 알 수 없는 삶은 그것

새

아득한 지평 끝으로 잦아드는 노을 저편
석양을 등에 지고 산을 넘는 새 한 마리
우리들 가야할 방향 화살표로 알려준다.

새는 날아들 때나 새는 떠나갈 때나
세상 어디에도 발자국을 남기지 않고
왔던 길 되돌아가듯 흔적 없이 사라진다

가을여행

중앙선 완행열차를 타본 적이 있으십니까
咫尺도 千里인양 돌아드는 골물처럼
가다간 산굽일 돌아 鐵馬 또한 지쳐 쉬는

등불 외로 떨고 있는 간이역 대합실에
몇몇은 오르고 몇몇은 또 내리고
사는 건 떠나가는 것, 그리고 또 돌아오는 것

인생길이 旅路라면 나는 지친 한 나그네
쉬어 갈 客店도 찾아들 고향도 없이
떠돌아 떠돌아 가는 바람이여 구름이여

망경산

情을 준 다음부터
나는 늘 불안했다

鶴처럼 삐딱하게 모가지를 빼고 앉아 움켜쥐면 퍼득일 듯 죽지 활짝 펼친 폼이 언젠간 저만 혼자 훨훨 날아가 버릴 것 같아 한 마디 기약도 없이 훌쩍 날아가 버릴 것 같아 오늘도 그 한 기슭 바위처럼 타고 앉아

애당초 허튼 수작 말라고
큰소리 땅땅 친다

남해기행시

저 한 점 섬만도 못한 내 작은 목숨으로
萬丈같은 바다 앞에 王山만한 적막을 지고
바윗돌, 바윗돌처럼 무슨 생각에 잠겨있나

시름도 하 오래어 아물거리는 눈시울에
선창에 어둠을 밝혀 타오르는 동백꽃이
먼 돛배 막 피어오른 불빛처럼 흔들린다

한 마리 물새라면 훨훨 날아가 버리련만
하 이리 오랜 시간을 내 여기 쭈그리고 앉아
뜨지도 가라앉지도 못하는 시름만이 젖는다

해변소야곡

해 종일 물새처럼 바닷가를 서성이다
고단한 죽지 접고 돌아와 누운 자리
가을 밤 시린 별빛이 客窓에 떨고 있다

떠나던 그 물새 나도 그 물새 좇아
사랑이며 미움이며 뒤엉킨 인간사며
훨훨 다 떨쳐버리고 한 세상을 가고 싶다

아들 허수가 아비에게 쓰는 가을편지

낡은 밀짚모자 허름한 바지저고리
평생을 그 한 모습 표정마저 잊으신 채
저무는 들판 가운데 홀로 서 계신 아버지여

고향의 가을걷이는 얼추 다 끝났는지요
날씨 하마 쌀쌀해지니 걱정이 태산이네요
멀리서 못난 아들이 문안 인사 올립니다

해마다 한두 집씩 이웃들 떠나가고
새 떼조차 찾지 않는 텅 빈 들녘 지켜
오늘도 시름에 잠겨 홀로 서 계실 아버지여

산 위에 올라

고요한 봄 한낮 산 위에 올라보면
세상은 아름다운 한 폭의 동화 같다
어질고 착한 이들만 모여 사는 나라 같다

하늘엔 흰 구름이 뭉게뭉게 떠가고
땅 위엔 어여쁘게 꽃들이 숨을 쉬고
그 사일 꿀벌 떼처럼 사람들이 오간다

꿈꾸듯 먼 마을은 생각에 잠겨있고
흔들면 깨일 듯한 고운 봄 한나절을
강물은 시름에 겨워 흐를 대로 흐른다

낚시터에서

내 오늘 강가에서 낚싯대 드리우고
여울져 아픈 마음 잔잔히 갈앉히며
하루쯤 눈감고 앉아 세상일을 잊나니

뒤척이던 물결도 어느덧 잠잠해 지고
그 깊은 深淵 속에 내 시름도 잠겨들어
시간도 물결도 나도 함께 침묵하나니

靑山小曲

이왕지사 청산이나 바라보고 살려거든
세상 온갖 시름 잊고 편안히 누워서보자
그리고 눈마저 감으면 한 개 바위 아닌가

山房歌

친구도 아니 오고 식구들도 마실 가고
집안은 심산절간 부처처럼 홀로 앉아
화엄경 그 한 구절을 열두 번도 더 읜다

내 홀로 방안에 앉아 시름에나 잠기는 날은
이 한 평 공간마저 채울 길 없는 적막인데
우주가 아무리 넓다손 내 알 바 아니더라

春日閒談

장기, 바둑 같은 것
혹은 속된 연애 같은 것

내 이미 그런 걸로
시름을 달랠 길 없고

해 종일
뒷짐을 지고
먼 산이나 바라다가

수 삼년 그리던
소식도 끊어지고

기다릴 일 조차 없는
이런 막막한 날

따뜻한
볕 아래 앉아
꼬박꼬박 졸기나 한다

봄날에

햇살이 비단처럼 감겨드는 이 한낮을
천지간 실린 봄빛 마음 절로 아득하고
여울물 흐르는 소리 꿈결인양 들려라

종일을 하늘빛은 더 없이 심심하여
때때로 날 불러 언덕에도 서게 하고
먼 구름 자취도 없이 가는 법을 이르더라

겨울 유배지에서

예부터 유배지로나 알려진 영월 땅에
헝클린 나뭇가지 蓬髮의 囚人처럼
가끔씩 내가 내려 와 고개 숙여 서노니

뻘밭엔 白骨같은 돌멩이들 나뒹굴고
목 잘린 갈대들이 세월 앞에 쓰러져도
강물은 말없이 흘러 한 천년을 이어온 곳

헛도는 수레바퀴 잘못 가는 年代위에
구차히 발을 딛고 살아온 목숨이여
내 여기 한 개 바위 되어 말은 이미 잊었다

登山記

1, 돌을 쌓으며
한번 오를 적마다 작은 돌 하나씩 주워
오솔길 끝나는 곳에 심심풀이로 쌓았더니
일년도 채 안되어서 탑이 하나 솟더라

2, 가지 끝에 앉은 새
내가 새를 올려다봤다 새도 나를 내려다 봤다
서로가 수상쩍은 듯 고개만 갸웃거렸다
그러다 신경질이 나 돌팔매질을 해 버렸다

3, 올라도 못 오르는 산
언제부터 마음속에 산이 하나 자리했는지
날마다 올라도 아득하니 끝이 없다
오늘도 山頂에 못 이른 채 그냥 내려오다

갈대

겨울 언 땅을 딛고
홀로 벌판에 서면

야윈 어깨위로
쏟아지는 눈발의 무게

한줄기
실바람에도
흔들리는 목숨이여

항아리

배가 불룩하다고
속이 가득찬 것 아니다

채우고 비워내길
거듭해온 그 한세월

아직도
허전한 마음
뜰에 놓인 빈 항아리

봄의 소리

도랑물이 흐르는지
조약돌이 구르는지

졸졸졸 돌돌돌돌
멀리서 가까이서

실처럼
가느다란 소리가
꽃 대궁에 감긴다

시계

어느 운명의 손길이 비밀리에 입력해놓은
그 시한(時限)이 끝날 때쯤 우리는 살아있을까?
아무도 다가올 그날을 예감하지 못한다.

언제부터인가 남모르게 시작된 카운트다운
모두들 웃고 떠들고 즐기는 사이에도
시간은 멈추지 않고 흘러가고 있었다.

하루의 일과를 끝내고 잠자리에 드는 밤
째깍 째깍 째깍 째깍 은밀한 초침소리
누군가 우리들 삶의 남은 시간을 재고 있다.

모두가 평화롭고 행복한 세상에서
희망찬 내일을 꿈꾸며 편안히 잠들 수 있도록
멈춰라! 보이지 않는 손이여, 저 시간의 스위치를

옥수수 밭에서

내 한철 실속 없이 멀쑥히 키만 자라
지나온 세월자락 구부러진 이랑 한편
추억의 파수꾼인양 지켜 섰는 허수아비.

턱 밑엔 희끗희끗 수염이 돋아나고
이빨도 하나둘 빠져 듬성한 사이사이
눈감고 듣는 한 가락 내 유년의 하모니카

附 記

내 철없던 시절,

시와 삶의 步法을 일러주시고,

보잘 것 없는 시집에

축사와 축시, 서문을 얹어주셨던 옛 선생님들 글이다.

사람이 오를 수 있는 정신의 최고 경지에 이르렀던

故 서정주, 박재삼, 정완영 세 분 선생님께

다시 한 번 감사드린다.

〈축사〉

잘 다듬어진 시와 인품

未堂 徐庭柱

여기 한국적인 좋은 선비이고, 인생에 대한 미련하지 않은 이해자이고, 또 시의 표현에도 늘 애써 오고 있는 우리 김문경 君이 시집을 내는데 대해 축하의 뜻을 먼저 표한다.

君의 시는 중국을 비롯한 한자들이 갖는 격조에 잘 어울리는 시적 율조를 만드는 데도 꽤나 잘 길들어 있으며, 우리말의 더럽지 않은 쪽의 雅趣에도 무난히 잘 길들여져 있어 이 능력을 그의 중요한 가치로 나는 여기고 있다.

단지, 시정잡사에 말려들 때 그는 매우 독단적이기도 하지만 이것은 눌러봐주어도 될 줄로 안다.

시의 길에서도 인생의 길에서도 대성하기만을 늘 바랜다.

1994년 10월 14일

〈축시〉

소리의 근원을 찾아서

- 金文卿 詩集에 부쳐

朴在森

사방을 짹짹이는
울음 하나 밝혀서
까치가 우리 마음에
실개천을 긋고 있는
새벽에
무언지 신선한
보배를 더해주네.

시조의 고운 가락도
삭막한 터전 위에
아끼고 아낀 노래가
드디어 사무쳐서
무엇도
바꿀 수 없는
징소리로 남고지고.

〈서문〉

東江 상류, 새물타고 오르는 銀魚같은 시인

白水 鄭椀永

내가 김문경 시인을 처음 만나게 된 것은 지금으로부터 10수년전 어느 문학지의 신인문학상 選考의 자리에서였다.
그러나 그것은 선자와 신인사이라는 이름 석자만의 대면이었을 뿐 실제로 상면하기는 몇 해 전 가을이 아니었나 싶다.
그가 "선생님의 작품 생각이 나서..."라며 중국 여행길에서 사온 短杖 하나를 들고 찾아온 그날, 나는 이 시인의 표표한 모습에서 "아하! 이 시인이 강원도 영월產이라더니 흡사 그 정동 상류 새물타고 오르는 한 마리 은어같구나, 맑고 깨끗하구나"하는 생각을 건져냈던 것이다. 그러나 또 얼마 후 한 사람의 시인이기에 앞서 어엿한 기업인이요, 경제인이란 것을 알아냈으며, 이 시인이 그동안 쉬고 있던 詩業의 연월과 또 한편 그의 단단하고 빈틈없는 내면세계, 그의 일월의 흐름 속에 잘 닦여진 바둑돌 같은 품성도 아울러 보아냈던 것이다.
이제 가슴속 깊숙이에 잠겨있는 단단한 바둑돌 같은 견고한 心志로 경제를 이룩하고 강여울을 비늘쳐 오르는 은어의 부드러운 情意로 돌아와 인생을 정립하려는 시인, 休眠 10여 년의 잠을 깨어 첫 시집을 펴낸다.
다감했던 날이 한참 흘러 세월의 저편으로 밀려갔다지만 이 시인의 가슴속에 뒤늦은 깨우침처럼 돋아나는 풀꽃이 있었던가!
天下一等人忠孝, 世間二件事耕讀은 秋史가 세워 놓은 하늘 아래 두

기둥이다.

김문경 시인의 효행을 내가 알고 있고, 理財에도 成家를 했으며, 이제 시집까지 상재하니 그야말로 一等人아닌가.

부디 인생의 길이 雙全하기를 빌며 서문에 대신한다.

1994년 玄月 上浣 老白山房에서 白水 志

- epilogue

이것은 무엇이고 저것은 무엇인가?
무엇은 무엇이며 그 무엇은 또 무엇인가?
존재의 본질과 궁극을 향해 이어지는 懷疑.
끝내 이를 수 없는 無限의 極일지니
물음은 속절없고 대답은 궁색하다.
무엇이 무엇이라 한들 정녕 무엇하리.
미친 세월은 이미 60 고개를 넘고 있는데
眞如의 바다, 華嚴의 세계는 멀기만 한데
森羅는 오리무중, 눈앞은 아직 캄캄하기만 한데...

초판 1쇄 2020년 6월 10일

지은이 김문경
펴낸이 최 진

펴낸곳 청담서원
출판등록 제 2018-000079호
주 소 (06043) 서울시 강남구 논현대로 146길 28
전자우편 cdswbooks@naver.com
대표전화 02-548-9282

ISBN 979-11-965397-1-9(03800)